JN044133

オメガになったので女騎士を
辞めると告げたら、
高潔なアルファの
騎士団長が豹変しました

MELISSA

オメガになったので女騎士を辞めると告げたら、高潔なアルファの騎士団長が豹変しました

宮田紗音

Illustrator
KRN

この作品はフィクションです。
実際の人物・団体・事件などに一切関係ありません。

オメガになったので女騎士を辞めると告げたら、高潔なアルファの騎士団長が豹変しました

MELISSA

プロローグ

身体《からだ》が熱い。

全身が炎に包まれたように熱《ほて》っている。

派手に乱れたシーツの上で、メルティナはほっそりとした肢体をくねらせた。白い肌は淡く染まり、額や首から玉の汗が流れ落ちる。こぼれる吐息は熱っぽくなまめかしい。

もう数え切れないほどの時間、彼女はこの終わりの見えない灼熱《しゃくねつ》に焼かれ続けていた。

「ぁ……」

身体だけではなく、頭の芯まで溶けてゆくような気がする。

知らない、こんなの自分ではないと思うのに心も身体も制御できない。オメガの発情期がこれほどまで辛《つら》く苦しいものだなんて、想像していなかった。

これまで培ってきた自制心が、なんの役にも立たないなんて。

「や、ぁ……っ」

欲求に負けて肌に触れそうな手のひらを、ぎゅっと握りしめる。メルティナは身体を転がしうつ伏せになると、汗に濡《ぬ》れたシーツに額を擦《こす》りつけた。

部屋に充満する甘ったるい匂いは、彼女の身体から発せられたオメガの発情香《はつじょうか》だ。自分には一生縁がないと思っていた、アルファを狂わせる誘惑の香り。

けれど初めての発情に身も世もなく悶《もだ》えるメルティナに、慰めてくれるアルファは存在しない。オメガを労《いたわ》り、甘やかし、やさしくうなじを噛《か》んでくれる、唯一無二のつがいのアルファは。

「ぁ……あぁ、団長……っ」

恋しい男を思い描いた瞬間、身体を蝕《むしば》む熱りは一層激しくなった。

白い指先がシーツをかき乱し、なにかを我慢するようにぶるぶると震える。

耐えなければ、自分にそう言い聞かせるほど焦《じ》れる気持ちは強くなる。乾いた唇が団長、と動くたびに下腹の奥がもどかしくうずいた。

――突いて。思いっきりかき回して。あなたのオメガになれるよう、うなじを噛んで。

発情しきったメルティナは、理性が壊れたような声で微《かす》かに呻《うめ》くと、つたない仕草で腰を揺らし始めた。それがどれほど倒錯した行為か理解できないまま、脳裏をよぎる面影を追いかけ、稚拙な動きは次第になめらかになっていく。

「んっ……ぁ、あ、団長っ……だんちょ、う……っ」

彼に抱かれたい。アルファの雄として完璧な彼に、オメガの発情に染まった身体を激しく求めてほしい。

それでも本能に支配された脳が、弱々しく警鐘を鳴らした。

高潔な彼がこんなメルティナの姿を見たら、きっと幻滅するに違いない。

誰よりも気高く清廉な人だ。たとえ発情に苛《さいな》まれているとはいえ、騎士であるのに自己を律することができないメルティナを、受け入れてくれるとは思えない。

おまけに彼はオメガを嫌っている。

本能の衝動に身を委ね、アルファを誘う惰弱なオメガ。

いまのメルティナは、彼が嫌悪するオメガそのものだ。あさましく発情し、アルファに慰めてほしいと望みながら、強い香りの蜜を滴らせている。正視に耐えないいやらしい動きで寝台を軋《きし》ませ、呻き、喘《あえ》ぎ、誘惑の匂いをまき散らして。

「ぁ、はぁ……ぁぁッ」

うなじを噛まれる妄想に、頭の中で閃光《せんこう》が弾《はじ》けた。

頭のてっぺんから爪先まで、経験したことのない甘やかな衝撃が貫く。突き上げていた腰が崩れ落ち、むせ返るほどの濃い匂いが広がった。

全身がとろけていく。だけどこんなものではぜんぜん足りない。

刺激を与えられなかった太ももの奥が、不満そうにずきずきとうずいている。その場所に指を差し入れ擦り上げたら、どれほど気持ちいいだろう。

考えるだけで狂いそうになるほどの興奮に襲われ、メルティナは呼吸を荒らげた。

自分が発する甘ったるい匂いのせいで、さらに思考が溶かされていく。

――どうか、もっと奥を暴いてめちゃくちゃにして。ただの慰みでいいから。一度きりでいいと誓うから。だからどうか、みだらなこの身体を彼に。

「ぁ……」

そのとき、炙《あぶ》られ続けていた身体から急速に熱が消え始めた。狂おしいほどのうずきも嘘《うそ》のように鎮まっていく。

泣き笑いのような表情を浮かべ、メルティナは目を閉じた。発情の気配が去った代わりに、汗まみれの身体は汚泥へと沈むように重たくなる。

ようやく抑制剤が効いてきた。

これでしばらく、身体を休めることができる。数時間経《た》てば、またあの地獄のような灼熱が戻ってくるのを経験しているから、体力の温存が欠かせない。

疲弊しきった身体は、瞼《まぶた》を閉じた途端に急激な睡魔に襲われた。

いつ終わるともしれない地獄からのほんのひとときの解放に、メルティナの目尻から透明な滴が一筋流れた。

1

「もう、あいつらったら最低！　やんなっちゃう。実力ないくせに態度だけは一人前で、さも当然みたいに要求してくるんだから」

「レベッカったら……そんなに怒らないで。貸してくれって言われたから、きっとそのうち返してくれるわ」

「どうしてそう、おめでたいことが言えるわけ？　あいつらがなにかを借りて、返してくれたことなんてあった⁉」

ルーヴェルク王国正騎士《せいきし》団長補佐官、メルティナ・リーヴィスの執務室。

部屋の前まで来た事務官は、半分開いた扉の奥から聞こえた怒声に、びくっと肩を震わせた。どうやら出直した方がいいかもしれない。すぐさま身体《からだ》を反転して、元来た廊下を引き返す。

一方、執務室では正騎士団第三部隊に所属するレベッカ・マイエが、ダンッと机を叩《たた》いた。

レベッカは見事な赤毛が示すように、気性の激しい女騎士だ。けれど机を挟んで彼女の前に立つメルティナは、まったく怖がる様子がない。

それも当然で、メルティナ自身も身分は騎士だ。ただしレベッカとは対照的に、穏やかで人の好さそうな雰囲気を漂わせている。

肩より短いくすんだ金髪とやさしげな若草色の瞳の持ち主で、二十三歳という年齢にしては可愛《かわい》らしい顔貌《かおかたち》をしている。それなりに剣の腕も立つのだが、華奢《きゃしゃ》な体格も相まって荒事が得意そうには見えない。

いまも人好《ひとず》きする笑みを浮かべて、子リスのようにちょこんと首を傾《かし》げていた。

「でも、こっちも在庫が余っていたから、ちょうどいいかなって」

「そういうことじゃないの！　気持ちの問題よっ、気持ちの問題！　いままで散々うちに迷惑かけといて、返す気もないのに貸してくれ？　しかもよりにもよってあなたに！」

「落ち着いてレベッカ。もし返ってこなくても、無駄《むだ》にするよりずっといいもの」

どれほど怖い顔で睨《にら》まれても、メルティナの笑顔は崩れない。可愛らしい風貌《かお》の割りに、なかなかの怖い物知らずだ。

けれど納得のいかないレベッカは、心底呆《あき》れてため息をついた。

「……だからメルはお人好しだって言うのよ」

近衛《このえ》騎士団からの依頼で、正騎士団が保有する物資の一部を融通することになった――友人であるメルティナが告げた内容に、レベッカは烈火のごとく怒った。

ルーヴェルク王国には二つの騎士団がある。

王族の警護や王宮の警備を担う近衛騎士団と、国家の防衛や治安維持を担う正騎士団。近衛騎士団は貴族の子弟が入団する花形騎士たちの集団で、正騎士団の多くは平民出身の騎士たちで構成されている。

守るべき領域は違えど、どちらも王国のために尽くす重要な組織だ。しかし正騎士団に所属するレベッカには、近衛騎士団を嫌う明確な理由が存在した。

(あんなやつら、大っ嫌い！　お貴族様だからって威張り散らして)

メルティナの前では口にしにくい悪態を、胸の中で吐き出す。

貴族出身で容姿に優れた若者が在籍する近衛騎士団は、式典などで華々しい姿を披露することから国中の娘たちが憧れている。

ただし出身家の身分や容貌の美しさで競う彼らは、常日頃から鍛錬が不足していた。

そのため実質的にこの国を守る騎士といえば正騎士たちなのだが、貴族という身分を笠に着た近衛騎士たちは、正騎士たちを粗野な無法者と呼んで馬鹿《ばか》にしている。

実力や王国への忠誠心を誇りにするレベッカにとって、実力不足を省みることなく横柄な態度を取る近衛騎士たちは、どうしても好きになれない。

しかしさすがに末端とはいえ貴族の令嬢であるメルティナに、面と向かって貴族批判をするのは気が引けた。

メルティナ・リーヴィスは正騎士団には珍しい貴族出身の女騎士で、若年ながら正騎士団長補佐官という役職に就いている。

その職責は多岐に亘《わた》り、騎士団全体のスケジュール管理や物資の調達、部隊間の連絡調整など、つまりは正騎士団が組織として効率よく動くためのありとあらゆる後方支援を行っているが、メルティナ自身は近衛騎士たちのように偉ぶったところはまったくなく、人好きする穏やかな性格で多くの騎士たちから慕われていた。

ただし、人が好いにも限度がある。

「お人好しって、別にそんなんじゃや……あちらも困っているみたいだったから。こっちも廃棄間近の物資なら都合がつくし」

「相手はあなたを、不当に扱った古巣なのよ」

子爵《ししゃく》令嬢であるメルティナは、もとは近衛騎士団に所属する女騎士だった。しかしなまじ剣の才能があった彼女は、それを妬む近衛騎士たちからひどい扱いを受けていた。

王弟《おうてい》であり正騎士団長であるヴァルターが彼女を異動させなければ、その能力はいまも埋もれたままだっただろう。

ヴァルターは身分にかかわらず優秀な人材を重用する人物で、優れた統率力や彼個人の驚異的な強さから正騎士たちに広く支持されている。彼に憧れ、正騎士団を目指す若者も多い。

異動から数年で側近として取り立てられたメルティナは、そんな正騎士団長のお気に入りだ。

だからメルティナが望みさえすれば、自分を虐げた近衛騎士たちに報復することもできたはずだ。

彼女が職務上の権力を近衛騎士たちへの復讐《ふくしゅう》に利用したところで、正騎士団内で咎《とが》める者は誰もいない。レベッカやその他の騎士たち、そして側近の能力を高く評価している正騎士団長ヴァルターも、彼女の味方になるだろう。

しかしそのような立場にいながら報復など微塵《みじん》も考えない――それがメルティナだった。

「ありがとう。わたしのために怒ってくれて」

恨み辛《つら》みなどまったく感じさせない笑顔でお礼を伝えられると、腹を立てている自分の方が馬鹿みたいな気分になる。

「もういいわ。なんにしろメルの裁量内での話だし。でも絶対、この貸しは覚えときなさいよ。あの鳥頭《とりあたま》たちは三歩進んだら恩を忘れるんだから」

「ええ。そうするわ」

口元に手を当てふふっと笑ったメルティナは、短い髪を揺らして首を傾げた。

「……ところでレベッカはなにをしに来たの？」

部屋に駆け込み開口一番「あんなやつらがなんの用件!?　まさか苛《いじ》められたんじゃないでしょうね！」と問い詰めたレベッカは、そうだったと表情を引き締める。

「オメガの事件について。団長がいらっしゃるなら直接ご報告を、と思ったんだけど」

レベッカが訪ねると、正騎士団本部にある騎士団長ヴァルターの執務室は閉ざされていた。

「団長なら訓練所にいらっしゃるの」

「訓練所？　ならメルでいいわ。わたし、このあと予定があるから。戻られたらお伝えしておいて」

騎士団長補佐官であるメルティナに隠すことではないので、手短に用件を告げる。

内容を聞いてメルティナの表情が曇ったが、レベッカはそのまま伝言を頼むと、友人の執務室をあとにした。

静かになった執務室で、物資の移管に関する書類にペンを走らせながら、メルティナはため息をついた。

(レベッカが言うほど、お人好しじゃないんだけど)

お人好しというのはメルティナの父、リーヴィス子爵のような人を言うのだろう。

東に貧しき人がいれば施しを行い、西に病人がいると聞けば薬を与える。自分たちが贅沢《ぜいたく》な暮らしをすることには興味がなく、所領から上がるわずかばかりの収益は、すべて善行に消えていく。

妻子を愛する善き夫であり善き父親なのだが、底なしのお人好しだ。

それに比べるとメルティナは、お人好しを名乗るのも烏滸《おこ》がましい。近衛騎士団への物資の融通だって、それなりに打算が働いている。

期限切れの物資を処分する手間が省けて、同時に恩も売ることができる。新しく購入して返してもらう約束だが、たとえ反故《ほご》にされても正騎士団の懐は痛まない。公的に交わした約束が破られた、その事実が残るだけだ。

(……約束破りが続けば、なにかがあったときの取り引き材料にできるかもしれないし、ね)

善人だが後先考えない父とは違い、したたかさだってちゃんとある。いくら相手を可哀想《かわいそう》に思っても、正騎士団に不利になるようなことは絶対にしないと決めているのだから。

しかしそれよりも、いまは別のことが気がかりだった。

手元の書類を完成させると、メルティナは壁掛けの時計に視線を移した。

第三部隊に所属するレベッカから聞いた報告を、正騎士団長に伝えておいた方がいい気がする。訓練が終わるのを待っていると、今夜の予定に響くかもしれない。

夜には王宮で舞踏会《ぶとうかい》が開催される。国王夫妻が主催する特別な催しに、王弟であるヴァルターも参加することになっていた。この時間なら訓練を終えた彼は、そのまま準備へと向かうだろう。

（でも、ようやく時間ができたから訓練所へ行くって……嬉《うれ》しそうにされていたのに）

このところ多忙を極めていた彼の、ようやくできた空き時間を邪魔することになる。訓練は剣を交えて配下の騎士たちと交流する大切な機会で、水を差すのは気が引けた。

けれど報告の重要性を勘案すると、やはり夜までに彼の耳へ入れておきたい。

しばらく迷ったあと、メルティナは机の上を片付けて執務室を出た。

必要かどうかは団長自身に判断してもらえばいい。それに――実を言うとほんのちょっぴり、個人的な好奇心がある。彼の訓練風景を見学したいのだ。

――だって、剣を握る団長はとても素敵だから。

訓練所へ向かう足取りが、自然と速くなる。

王宮からほど近い正騎士団本部の建物には、広大な訓練所が隣接していた。

今日も大勢の騎士たちが鍛錬に勤《いそ》しんでいる。非番で自己鍛錬に励む騎士に加えて、第一部隊の隊長以下数十名が集団戦闘の訓練をしていた。

「お疲れさまです、エリック隊長」

メルティナは、石段に背中を預けて空を仰いでいた、金髪の騎士へと声をかけた。

第一部隊の隊長エリック・レイトナーは、統率能力だけでなく腕の立つ優秀な騎士だ。その彼が全身汗だくになりながら、ぜいぜいと肩で息をしていた。

エリックは隣に腰を下ろしたメルティナに気づくと、唇を歪《ゆが》めて笑った。

「……ったく、バケモンだぜ、あの人。何人相手したら気が済むんだ」

剣戟《けんげき》の音が激しく響く。

目を向けると――いた。

メルティナの心臓が、とくんと高鳴った。

彼女の視線の先では、精悍《せいかん》な美貌の青年が、数人の騎士と向かい合っていた。艶やかな黒髪と琥珀《こはく》色《いろ》の瞳の彼は、美しく獰猛《どうもう》な肉食獣のようだ。鍛えられた逞《たくま》しくしなやかな身体つき、対峙《たいじ》する者たちの一挙手一投足に注がれるまなざしは、険しく鋭い。

間合いを詰めるように騎士たちがじりじりと動いたところで、素早い一閃《いっせん》が彼らの挙動を止めた。

重い剣を受け止めきれず、そのうちの一人が盛大な音を立てて撥《は》ね飛ばされる。

無駄のない動きで大剣を振るう彼はヴァルター・ガレイオス。正騎士団の団長にして王弟でもある彼は、圧倒的な覇気を感じさせるアルファだった。

男女の性別とは違い、三つに分類される『第二の性』。

大半の人間はベータと呼ばれる特徴のない性別だ。メルティナもよくいるベータで、特別な能力はなにもない。

一方、アルファとは、人口の一割にも満たない特殊な性別をいう。

容姿に優れ身体能力にも秀でているアルファは、支配階級である貴族に多かった。ルーヴェルク王国では、国家に多大な功績を残した人物――つまり優秀なアルファを叙勲してきた歴史があり、王族はその枠であるとも言える。

「最近お忙しくて、訓練所に行けないことを残念がっておられましたから」

その分、気合いが入っているのだろう。

微笑《ほほえ》ましく告げたメルティナの隣で、エリックは盛大にため息をついた。

「こっちも同じアルファだってのにな……ったく、いやになるぜ」

「エリック隊長の実力は存じ上げていますよ?」

「嫌味かよ。あんな人外の力でぶちのめされて傷ついた俺に、塩まで塗りたくろうとはいい度胸だな」

気安い相手の言葉に微笑みながらも、メルティナはヴァルターから視線を外せない。手練《てだ》れの騎士

たちを翻弄する彼の動きは、雄々しく美しく、目を離すのが勿体《もったい》ないとさえ思う。

エリックもそうだが、正騎士団にも多くの平民アルファが在籍する。しかしヴァルターの強さは桁違いだ。おまけに強さだけではなく、彼に従っていれば間違いないと思わせる抜群のカリスマ性がある。

「……うっとりと見つめてんじゃねえか」

ぼそりと呟《つぶや》かれた声は、よく聞き取れなかった。

上官の洗練された動きを、夢見心地で見つめていたメルティナは、肩で息をするエリックに視線を移した。

「なんて言いました？」

「いいや……ま、メルにとっちゃ団長は恩人だからな」

「え？　……ええ」

含みのある言い方だが、正騎士団では誰でも知っている事実だ。

メルティナにとって、ヴァルターは近衛騎士団での生活から救ってくれた恩人だった。彼に恩を返したい、自分にできることならなんでもしようと正騎士団での仕事に励んでいる。

——本当は、それだけではないのだけれど。

「けどいいのかよ。俺たちと違ってさすがにあの人、王族だろ。そろそろつがいを迎えるんじゃねえのか」

まるで気持ちを見透かされたような発言に、一瞬、呼吸が止まった。

「いいのかって……わたしは、団長のご結婚に意見できる立場にいません」

「へえ？」

なぜだか面白いことを聞いたというように、エリックの眉がぴくりと動いた。

居心地の悪い視線を避けるように、メルティナは顔を背ける。

――恩人に対する尊敬が、男性としての彼を想う淡いときめきへと変わったのはいつだろう。

けれど思慕の想いは隠し通すしかない。ヴァルターはメルティナの能力を買ってくれているが、部下の浮ついた気持ちを知れば眉を顰《ひそ》めるはずだ。敬愛する彼から軽蔑されることだけは避けたかった。

「団長がオメガのつがいに腑《ふ》抜《ぬ》けになっても、そうやってスカしたこと言えんのかよ」

「それは」

美しいオメガのつがいを迎えて、慈しむヴァルターが脳裏に浮かぶ。

その瞬間、全身がぶわりと熱くなったような気がした。身体の奥底からあふれ出すような、重苦しい熱。めまいに襲われたメルティナは、固く目を閉じた。

けれどその感覚は一瞬で、目を開けたときにはめまいも、炎に包まれたような熱《ほて》りも消えてなくなっていた。

――きっと気のせい。ただ、頭の中にエリックの言葉だけが残っている。

オメガもアルファと同じで、人口の一割に満たない稀少《きしょう》な存在だ。ずば抜けて容姿の美しい者が多く、『産む性』に特化しているため定期的に発情期がある。

けれどオメガの特筆すべき点は、アルファへの影響力だ。

どれほど優秀なアルファであっても、オメガの発情香《はつじょうか》には抗《あらが》えない。つがいになりたいと誘《いざな》う彼らの匂いに本能を刺激され、情欲に支配された獣へと変わってしまう。

もっとも、優秀なアルファはアルファとオメガのつがいから生まれることが多く、アルファがオメガの伴侶を迎えるのはごく自然なことだ。また発情香に酩酊《めいてい》した状態での交合は、アルファにすさまじい快楽をもたらすらしい。

(ベータであるわたしには、縁のない話だけど……)

オメガですらない、ただの部下。想いが成就することは万が一にもあり得ない。

けれどメルティナにとって、そんなことは重要ではなかった。恩人であるヴァルターの傍《そば》で働ける、それだけで毎日が充実して幸せなのだ。

だから告げた。

「たとえつがいがいようと、伴侶を迎えられようと、団長に対するわたしの忠誠心は変わりません」

「はぁぁ。相変わらず、変なとこでメルは真面目ちゃんだな。団長も大概だと思ってたが、こっちもなかなか。お互いちょっとばかし肩の力抜いた方がいろいろスムーズに……っと」

わけのわからないことを言い始めたエリックだが、不意に視線を動かした。つられてメルティナもそちらを見る。

どさりと重い音がして、ヴァルターの目の前にいた騎士の身体が地面に沈む。なんとか起き上がろうとするものの、あの様子では訓練の続行は無理だろう。

仲間に担がれてその場を離れる彼の代わりに、新たな騎士たちが正騎士団長の元へ殺到する。必死の形相の彼らに対し、ヴァルターだけが涼しい表情だ。

軽く舌打ちしたエリックが、やれやれと肩をすくめる。

「……なあ、おまえも相手してもらえよ」

突然の提案に、メルティナは即座に首を振った。

「わたし？　無理です」

「なんで？」

「なんで、って……」

騎士を志したのは家庭の事情だが、メルティナも剣を扱える。いまの役職に就く前は、実戦もたびたび経験した。だからこそわかる。自分では、彼の相手にはならない。

「わたしに団長のお相手は務まりませんから」

「そんなことないって。メル相手だったら、ぜってーあの人」

「エリック・レイトナー！」

なにが楽しいのか、相変わらずにやにや笑うエリックの言葉尻に、威圧感のある低い声が被さった。

「余裕がありそうだな。無駄口を叩く暇があるならこちらに戻れ！」

自分こそ余裕で群がる騎士たちを片付けたヴァルターが、石段に顔だけ起こして寝転んだままのエリックと、その隣に座るメルティナを睨んでいる。

焦ったように「やっべ」と呟き、エリックはすぐさま立ち上がった。

「はっ！　ただいま参ります！」

鞘《さや》ごと転がしていた剣を掴《つか》むと、金髪の騎士は振り返ることなく石段を駆け下りていく。

「あっ……」

せっかくヴァルターに声をかけるチャンスだったのに、こちらを睨むまなざしがあまりにも苛烈だったせいで、驚いたメルティナは機会をふいにしてしまった。

おそらくヴァルターは戦闘訓練で気が立っていたのだろう。あるいは真剣な鍛錬の場で、会話を弾ませていた部下たちに失望したのか。後者の方が可能性は高いような気がする。

視線の先では、再び模擬戦闘が始まっていた。疲れているとはいえ、さすがに並の騎士よりもエリックは動きがいい。

激しく剣を交わす彼らを見つめながら、メルティナは自分の失態を悔いて肩を落とした。


メルティナが訓練所に来た理由について、ヴァルターは見当をつけてくれていた。

彼はエリックとの手合わせが終わると、メルティナが声をかけるより早く、訓練を切り上げたのだ。

話があるなら執務室でゆっくり聞こうという彼に付き従い、正騎士団本部の建物へと戻る。

メルティナはエリックとの気安い会話で訓練を邪魔したことを謝罪したかったが、身支度を調えたヴァルターは素っ気なく背を向け歩き出してしまった。

(やっぱり団長、ぜったい怒ってる……！)

いつもの気安いヴァルターとは雰囲気が違う。きっと訓練に参加しないメルティナが、エリックの復帰を阻んでいるように見えたのだろう。

普段なら相手に合わせて歩く速さを調整してくれるのに、いまは小柄なメルティナが小走りにならないと追いつけない。

「団長っ！」

ヴァルターの執務室前の廊下で、ようやく声をかけた。

注意される前に謝罪しなければと、気持ちが急《せ》く。

「どうした？」

けれど振り向いたヴァルターの表情に、メルティナは戸惑った。

怒っているようにも気分を害しているようにも見えない。

訓練後に水を浴びた彼の黒髪はまだ湿っていて、端正な顔に影を落としている。

しかし見ようによっては金にも見える琥珀色の瞳から、剣を手にした際の獰猛な輝きは消えていた。

普段の様子となんら変わらない、精悍な美しさの中に毅然《きぜん》とした品格が漂ういつものヴァルターだ。

「あのっ、先ほどは訓練を邪魔してしまい、申し訳ありませんでした！」

声を張り上げたメルティナは、同時に深々と頭を下げた。

「なんのことだ。君は俺に用件があって、呼びに来たんだろう？」

怪訝《けげん》そうな声ですら魅力的なのだから、アルファは罪深いと思う。ベータであるメルティナの耳までとろけそうな美声で、ゆっくりと問いかけられた。

「そうではなくて……エリック隊長と話が弾んでしまったことです。大切な訓練の場で、浮ついた行動を取ってしまい、申し訳ありません」

そのことか、と鷹揚《おうよう》にヴァルターは頷《うなず》いた。

彼は執務室の鍵を開けると、扉を押してメルティナの入室を促した。

「……ずいぶんと楽しそうに話していたな。彼とはなにを？」

「中身のあるような会話ではなかったので……以後、気をつけます」

まさかヴァルターのつがいについて話していたなんて言えない。言葉を濁したメルティナを、彼はなにか物言いたげなまなざしで見つめていたが、それ以上深くは追及しなかった。

騎士団長の執務室は地位に相応《ふさわ》しい重厚な造りで、戻ったヴァルターは当然のように執務椅子に腰かけた。長身ながら体格だけならエリックとさほど変わらないはずなのに、座っているだけで他者をひれ伏させるような威圧感がある。

執務机の前に立ったメルティナは、凛々《りり》しく美しい彼の姿に一瞬だけ見惚《みほ》れた。しかしすぐに、訓練中の彼を呼び戻した理由を思い出して気を引き締める。

「それで、メル。なにがあった？」

問われて自然と姿勢を正した。

「二つあります。一つは近衛騎士団から物資の移管に関する提案がありました。あちらの備蓄に不足が出たようで」

「メル」

レベッカが告げたように、あくまでもメルティナの裁量が許される話だ。期限切れの備蓄を破棄するにしても譲り渡すにしても、いちいち上司の許可を取る必要はない。

しかし念のため伝えておこうとした彼女の言葉を、ヴァルターは遮った。

「それはいい。君に任せる」

聞きようによっては冷淡に聞こえるかもしれないが、メルティナの胸は熱くなった。

信頼されているのが嬉しい。この方の期待を、絶対に裏切ってはいけないと強く思う。

感激の喜びをひた隠し、すぐに次の言葉を告げた。

「もう一つは、第三部隊から報告が入りました。先日の捜索の続報です。できるだけ早く、団長のお耳に入れた方がよいと思って」

「オメガの誘拐事件か。あの件は陛下も気にされているからな。聞かせてくれ」

王都の治安維持は正騎士団が担っており、その中でも現在、リューディガー・フォルクスを隊長とする第三部隊が、追いかけている事件があった。

それがオメガの誘拐事件だ。

オメガは第二の性のうち、もっとも特殊な分類といえる。

ルーヴェルク国内では彼らに対する規制が厳しく、強烈な発情香でアルファを狂わせるオメガは、発情期の期間、自宅から出ることを法律で禁じられていた。発情期でなくとも外出には制限があり、発情を抑える抑制剤なしには暮らしていくこともままならない。

しかも国指定の抑制剤は流通量が少なく、高価なものが多いのだ。オメガのほとんどが貴族の家に生まれるとはいえ、不幸なことに平民の家に生まれてしまったオメガは、抑制剤自体を入手できず、不自由な暮らしを強いられる。

今回誘拐されたオメガたちも、貴族の屋敷で大切に守られて暮らしているオメガではなく、色街で暮らしていたオメガたちだ。

美貌のオメガはアルファだけでなくベータにも人気で、色街には昔からオメガたちだけのコミュニティが存在する。色町勤めのオメガは珍しい存在ではない。

けれどそのような場所で一人、二人、と人が消えても、色恋沙汰が原因だと思われて怪しまれることがなかった。オメガばかりを狙った誘拐事件だと発覚したのは、最初のオメガがいなくなってしばらく経《た》ったあとのことだ。

正騎士団へ捜索届けが出されたのも遅く、手掛かりも少ない。それでも実に十人以上のオメガが消えた大事件なので、正騎士団としても力を入れて行方を追っていた。

そしてとうとう先日、複数の証言からオメガたちが監禁されていた倉庫を第三部隊が突き止め、数人のオメガを解放した。

「倉庫を守っていた傭兵《ようへい》たちの尋問を終えたそうです。金で雇われていただけのならず者で、首謀者に繋《つな》がる証言は得られなかったということでした」

監禁されていた場所は、他国へ輸出する荷物を一時的に格納しておく倉庫だった。捜索は成功したが、倉庫の借り主は偽名を使っており、調査が難航している。

個人の仕業とは考えられず、大掛かりな集団が関係していると思われた。

「あまり期待はしていなかったが、やはりそうか。監禁されていたオメガたちからも事情は聞いたのだろう？　そちらはどうだ」

ヴァルターが長い指を組み、淡々と尋ねる。

「ほとんどの者が衰弱していて、全員、王立治療院で治療中です。でもレベッカが言うには、彼女たちからも有力な証言は得られそうにないと」

「……レベッカ？」

「報告を持ってきたのが第三部隊のレベッカ・マイエでした。彼女がどうかしましたか？」

ヴァルターはなぜか、気まずそうに視線を逸《そ》らした。

「いや、なんでもない。止めて悪かったな。続きを」

促され、メルティナはさらにオメガたちの状況を伝えた。監禁されていた環境が悪かったのか、命に別状はないもののしばらく入院が必要らしい。

彼女からの報告を、ヴァルターは頷きながら聞いている。

「それから倉庫に残されていた薬品について。国内で流通しているものではないようでした。オメガの発情薬らしいことはわかりましたが、はっきりとした鑑定には時間がかかるようです。ただ……おそらくフェドニア軍から違法に流出したものではないかと」

隣国であるフェドニア王国は、アルファやオメガの研究が盛んな国だ。ルーヴェルク国内で承認された薬も、フェドニア国内で開発されたものが多い。第二の性について保守的なルーヴェルクとは違い、性別を変える研究までしていると噂《うわさ》されている。

安価で質のよい薬が流通するおかげで、オメガはルーヴェルク以上に自由に行動できるともいわれていた。オメガの権利保護に手厚い国なのだ。

「フェドニアか。友好国ではあるが、オメガたちの輸送先が国外なら厄介だな。せめて彼女たちから、もう少し首謀者に関して情報を引き出せるとよかったんだが」

メルティナは内心、不思議に思って首を傾げた。

ヴァルターは当然、誘拐されたオメガを哀れんでいると思っていたのに、彼女たちの様子を聞いたときの彼の反応は予想以上に冷淡だった。

ルーヴェルクでは優秀なアルファを惑わす存在として、オメガを卑しむ風潮がある。誘拐事件といっても大きな騒ぎになっていないのは、行方不明になったのがオメガだからだ。

ただしお人好しの両親のもとで育ったメルティナは、彼らの苦境を知っていた。発情という自分ではどうしようもない生理現象を抱え、ベータ以上に大変な生活を送っていると同情している。

アルファであり、偏見とは無縁なヴァルターも同じだと思っていたが、彼の考えは違うのだろうか。

メルティナの沈黙で、ヴァルターは彼女の疑問に感づいた様子だった。端正な顔が後ろめたそうに歪んだ。

「すまない。彼女たちに思うところがあったわけではないんだが……俺の言葉が薄情に聞こえたか？」

「そういうわけでは……いえ。実を言えば少し」

不幸なオメガたちに対する物言いが、普段の彼らしくないような気がする。

メルティナは素直に、その気持ちを伝えた。

「……すまん。どうも俺はオメガが苦手なんだ。あまりいい思い出がない」

ヴァルターの表情に影が落ちる。

「苦手？　団長にもそんなものが？」

「君は俺をなんだと思っている」

問い返すと、呆れたように苦笑された。

しかしメルティナが知る彼の人となりは、完璧としか言いようがなかった。苦手なものがある、しかもアルファである彼がオメガを苦手だなんて、にわかに信じられない。

――アルファである彼もいつかは、それもそう遠くない未来に、つがいにしたオメガを妻として迎えるはずなのに。

訓練場でのエリックとの会話が脳裏をよぎり、胸の奥がちくりと痛む。けれど彼女は、その痛みをできるだけ考えないようにした。考えても仕方のないことだからだ。

「いまはそうでもないが……昔は発情したオメガに迫られることが多くてな。アルファ用の抑制剤を飲んではいるが、オメガの発情香はアルファの本能に訴えかける。だが俺は、あの酩酊感が嫌いだ。理性を削《そ》がれた獣のようで吐き気がする」

それならば、理解できるような気がする。メルティナは黙って頷いた。

責任感の強いヴァルターのこと。たとえ意に沿わぬ形でオメガをつがいにしてしまっても、けっしてその相手を見捨てることはしないだろう。

けれども昔、そのような彼の誠実さを利用しようとしたオメガがいたのだ。

王弟であるヴァルターのつがいになれば、妃《きさき》の称号が与えられる。その称号欲しさに発情した身体で彼に迫ったオメガのせいで、ヴァルターはオメガの存在そのものに嫌悪感を抱いているらしい。

「もちろん個人の責任をオメガ全体に負わせようとするのは間違っていると思うが……それにオメガもルーヴェルクの国民であり、今回救出された者たちは純粋な被害者だ。首謀者に繋がる証言を得られなかったとしても、彼女たちに責任はない。まだ見つかっていない者たちの救出にも、全力を尽くすことを誓う……俺の態度がひどいせいで、メルにも不快な思いをさせて悪かったな」

メルティナは慌てて首を振った。

言葉でどう言おうと、彼は目の前の弱者をけっして見捨てない人だ。これまでの経験で、メルティナはそのことをよくわかっていた。

言葉の端々に素っ気なさが見え隠れしたのも、部下に気を許してのことだろう。

本音が言えるほど信頼されているのだと考えると、不謹慎にも喜びさえ込み上げてくる。

「わたしに謝罪する必要はありません。ただ、団長がそんなふうに考えていらっしゃるのが、少し意外というか……こういったお話は初めてだったので、むしろお気持ちを知れて嬉しく思います」

「ん？　メルは俺に興味があるのか？」

「きょ、興味じゃなくて……」

口元を上げたヴァルターにからかうような声色で尋ねられて、メルティナは困ってしまった。意図せず頬が熱くなる。

ヴァルターは話しにくい相手ではないが、これまでこんなふうに言葉遊びを仕掛けられたことはなかった。良識と節度ある態度――それがメルティナを守っていたのだと気づく。だってこんなふうにからかわれ続けていたら、きっと気持ちを隠せなくなる。

彼に惹《ひ》かれているという、けっして叶《かな》わない恋心を。

ヴァルターはそんなメルティナから視線を逸らすと、再び自嘲するようにため息をついた。

「子供の頃の俺が身体を鍛え出したのも、もとはといえばこれが原因だ。オメガを求めるアルファの本能に振りまわされるのが疎ましかったからだ。心身共に鍛えれば、多少は効果があると思ったが……おかげでいまの地位に相応しい力を得ることができたのは幸いだな」

アルファは往々にして身体能力が秀でているが、それにしてもヴァルターの強さは桁違いだ。現在のこの国で彼に敵《かな》う者は存在しないだろう。

その強さの源が本能に逆らうためだと知って、幼い頃の彼がどれだけアルファの衝動を厭《いと》ったのか思い知らされる。

「女々しいと笑われるかもしれないが、俺は相手を選ぶなら本能ではなく心で選びたい。アルファの衝動に酩酊して、好きでもない女とつがいになるのはごめんだ」

どうしよう、なんだか話がさらに不思議な方向に転がったとメルティナは狼狽《うろた》えた。

これまでヴァルターと、これほど内面に関わる話をしたことがなかった。彼はけっして秘密主義ではないが、これほど明け透けになにかを語るタイプでもなかったのに。どういった心境の変化だろう。

でも、好きでもない女。

その言い方はなんだか、好きな女がいるように聞こえる。高潔なヴァルターには浮いた噂一つないが、胸に秘めた女性が存在するのだろうか。きっと彼に真摯な愛情を注がれる、素晴らしい女性に違いない。

メルティナの胸が、またちくちくと痛んだ。

「お気持ちはよくわかりました。いつか……団長に相応しいお相手が見つかるといいですね」

「……そうだな。だが俺は」

真っ直ぐにメルティナの目を見て、ヴァルターがなにか言いかけたときだった。

執務室の扉が三回、ノックされた。壁掛けの時計に視線を移した彼が、もうそんな時間かと呟く。そして扉の外にいる者に、一言、入れと促した。

「失礼いたします。こちらの準備は整いました」

「準備……？」

入ってきたのは、先ほどメルティナの執務室を退出したレベッカだった。

赤毛の友人の入室に、メルティナは目を丸くする。たしかに今夜のヴァルターは予定があるが、レベッカの準備という言葉とは結びつかない。

「メルもここにいたのね。ちょうどいいわ。団長、さっそく彼女を連れて行きます」

「ああ。よろしく頼む」

なにやら自分の与《あず》り知らぬところで会話が交わされている。その上、小走りに近づいてきたレベッカがメルティナの腕をぐいっと掴んだ。

「ちょっと、レベッカ……どういうことですか、団長」

指示したのがヴァルターなら逆らうことはできないが、事情くらい教えてほしい。

「彼女には君の準備を手伝ってもらうよう頼んだ。もちろん今夜の準備だ」

「ですから準備って、一体……っ」

レベッカに引きずられるようにして扉に向かいながら、メルティナは後ろを振り向く。立ち上がり腕を組んだヴァルターが、なにかを企むような笑みを浮かべていた。

「楽しみにしている。またあとでな、メル」

「団長……！」

なにやら嫌な予感がするものの、組まれたレベッカの腕は振りほどけない。

そのままずるずると引き立てられ、メルティナはヴァルターの執務室をあとにした。

2

リーヴィス子爵家《ししゃくけ》の次女メルティナが独り立ちを決めたのは、十代半ばの頃だった。

父であるリーヴィス子爵はお人好しで、誰もが知る慈善家だ。幸か不幸か子爵夫人は夫を心から尊敬しており、彼女もまた愛する良人《おっと》と共に慈善活動に熱心だった。

しかしそのせいでリーヴィス子爵家の懐事情は、常に火の車だ。社交界デビューする長女の準備に四苦八苦する両親を見て、メルティナは心を決めた。

「お父様が出費をあらためてくださらないなら、わたしが騎士になって家計を支えます」

普段は大人しい娘の決意を聞いたリーヴィス子爵は、即座に顔色を変えた。傍《そば》にいた母親もおろおろと狼狽《うろた》える。

「騎士になるって、そんなおまえ。簡単なことじゃないんだぞ」

「そうよ、メル。騎士なんて危ないわ。お父様やお母様を心配させないで」

「ならお姉様がご結婚なさるとき、持参金をどうするおつもりですか」

おっとりと顔を見合わせる両親には任せておけない。どれほど娘が忠告しようと、貧しき人々のために手を差しのべることをけっしてやめない人たちだ。

メルティナは両親の行動の尊さを知っていたが、彼らよりかなり現実的だった。大切な姉や妹たちに、みじめな思いをさせたくない。

幸い彼女は運動神経がよく、子供の頃から従兄《いとこ》のハインツと共に、引退した騎士に剣術を習っていた。御前試合にて、同年代の部で準優勝した経験も持つ。ベータの少女の記録としては、なかなかの好成績だ。

だから自ら進んで、騎士になることを決めた。ルーヴェルク王国では、女性でも騎士になることが可能だし、そして騎士職は報酬がいい。自分で貯めた金なら両親の慈善に消えることなく、姉妹の将来のために使うことができる。

しかし、世間を甘く見ていたのはメルティナも同じだった。騎士の試験に合格し配属された近衛《このえ》騎士団で、彼女を待っていたのは陰湿な苛《いじ》めだった。

近衛騎士団は貴族出身のアルファが主体となっており、実力よりも貴族としての階級や容姿の美しさが競われる。

貧しいリーヴィス子爵家の娘、しかも女性でベータのメルティナは、明らかな異分子だ。おまけに御前試合で準優勝した経験は箔付《はくづ》けにならず、むしろ妬みを買う原因になった。

「生意気なんだよおまえ、貧乏子爵の娘のくせにっ」

「そんな貧相な顔で、よく近衛騎士になろうと考えたな。おまえみたいな不細工がいると、近衛騎士団全体がみすぼらしく見られるんだよ」

十六歳の少女にとって、年上の騎士たちから与えられる暴言や嫌がらせはひたすら脅威だった。しかし家族のためには、意地でも一度掴《つか》んだ騎士の職を手放すわけにはいかない。

武具の手入れや物資の管理、他の組織との煩わしい調整役。近衛騎士たちがやりたがらない仕事を誠実にこなすことで、次第に便利使いされるようになった。

一方で、相変わらず憂さ晴らしのような苛めは続いていた。

「……なあ、メルティナ。おまえももっと頭を使えよ。その貧相な身体《からだ》でもうまくやれば、いい思いさせてやるぜ」

特に侯爵《こうしゃく》家の後ろ盾を持つアルファの騎士から、執拗《しつよう》に付きまとわれた。イアン・カラムは容姿の美しい騎士だが、性格の悪さが表情ににじみ出ている、そのような陰険な笑い方をする青年だった。

「俺に這《は》いつくばってお願いするなら、目立つ仕事に回してやる」

近衛騎士団の花形任務は王族の護衛だが、メルティナは護衛任務に興味がない。確かにいまよりも報酬は増えるが、その引き換えとしていやらしく笑う男に自分を委ねたいとは思えなかった。

しかし、二年が経《た》ったとき状況が変わる。

可愛《かわい》がっていた妹のアマリアが難病に冒されたというのだ。薬さえ手に入れば回復の見込みはあるものの、リーヴィス子爵家には希少な薬を入手するための蓄えがない。メルティナは実家を援助していたが、アマリアを救うためには近衛騎士の報酬だけでは手に入らない高価な薬が必要だった。

なにかと絡んでくる男に媚《こ》びて、もっと報酬のよい任務を回してもらう——妹の命には代えられないと、おぞましさに震えながら決意しかけたときだった。

メルティナに声をかけてくれる人が現れたのだ。

それが王弟《おうてい》であり、正騎士《せいきし》団の団長になったばかりのヴァルターだった。

彼は数年前の御前試合を覚えており、近衛騎士団でのメルティナの境遇を知って、異動する気はないかと尋ねてくれた。おまけに子爵家の不幸を知ると、手に入りにくい高価な薬まで用意してくれた。

「リーヴィス子爵家の行いは、この国の貴族たちにとって最良の模範だ。おかげで、どれほどの国民が命を繋《つな》いだか。王家の一員として、あなた方の苦境を見捨てることはけっしてしない」

恐縮するメルティナやリーヴィス子爵に、彼は薬の代金さえ求めなかった。

メルティナにとって、ヴァルターは英雄にも等しい人だ。妹だけでなく、メルティナ自身をも救ってくれた尊い人。

正騎士となり彼のために尽くそうと、固く心に誓った。どのような任務も厭《いと》わなかったし、人が嫌がることほど進んで取り組んだ。家族を救ってくれたヴァルターに、恩返しがしたかったから。

そしてヴァルターもそんなメルティナの功績を認め、側近として取り立ててくれた。メルティナがますます彼に心酔したのは言うまでもない。

人格者であり男性としても魅力的なヴァルターに、メルティナが想いを寄せるのに時間はかからなかった。

しかし、彼女自身叶《かな》わない恋心だと自覚していた。

アルファとベータ、その性別だけは覆しようのない現実だったから。

それにこの恋心に気づかれたなら、現在の役職を解かれてしまうかもしれない。騎士の任務に浮ついた気持ちは不要だと。

それならば想いを封じて、彼のために働く方がずっといい。少なくとも信頼だけは、与えてもらえるのだから。

——叶うなら、永遠に補佐官としてお傍に。

それがメルティナの心の底からの願いだった。


「説明してください」

履き慣れない踵《かかと》の高い靴、それにコルセットが必要な真紅のドレスを着させられたメルティナは、部屋の外で待っていたヴァルターへと歩み寄った。

彼に依頼されたというレベッカ他二名の女騎士に、強引に着替えさせられた結果だ。慣れない化粧までばっちりと施され、顔全体が重苦しく感じる。

今夜は王宮で、国王夫妻主催の舞踏会《ぶとうかい》が催されることになっていた。警備を担当するのは近衛騎士団だが、有事に備えて正騎士団の第二部隊が彼らの支援に回っている。

メルティナ自身は非番だが、いざというときのため寝起きしている宿舎へ戻らず、騎士団本部に残るつもりだった。

一方、メルティナに詰め寄られたヴァルターも、すでに着替えを済ませていた。王弟である彼は、今宵《こよい》の舞踏会に参加する側だ。

普段は着飾ることに無頓着なヴァルターだが、いつもとは違う夜会用に黒髪を撫《な》でつけ、正装している。銀刺繍《ししゅう》の施された漆黒の上着は、上背のある彼によく似合っていた。

訓練時の雄々しい魅力とは別の、洗練された優雅な佇《たたず》まいに圧倒される。

けれどメルティナはその姿に見蕩《みと》れることなく、温和な目元を吊《つ》り上げて彼を見上げた。詰め寄ったつもりだったのに靴の踵が高い分、いつもより顔が近くて緊張する。

「淡い色と迷ったんだが、華やかな色もよく似合うな」

「なっ、え……あ、そ、そういうことじゃありません！」

うっとりとささやかれて鼓動が跳ねた。

お世辞だとわかっているのに、頬が燃えるように熱くなる。彼女を見つめるヴァルターの琥珀色《こはくいろ》の瞳が、いつもより甘い光をにじませているのは気のせいだろう。

メルティナは自分の容姿を理解していた。姉妹たちのように華やかな美人ではなく、リーヴィス四姉妹で一番地味な子、子供の頃からそう言われている。

「なんのためにこの格好をさせられたのか、説明が欲しいんです」

「もちろん今宵、俺のパートナーになってもらうためだ」

「っ……だからどうしてその考えに至ったのか。理由を教えてください」

彼女を人形よろしく着替えさせたレベッカたちは、なにを尋ねても「団長に頼まれた」「団長に聞け」「団長がようやく覚悟を決めた」なんてきゃっきゃと騒いでいた。

意味がわからない。なぜヴァルターは彼女を舞踏会に同伴しようとしているのだろう。

「君も、この舞踏会の目的は知っているだろう」

問い返されて、おそるおそる頷《うなず》く。

王国を統治するミハイル王とエリーゼ王妃は結婚十年目、大変仲のよい夫婦だ。アルファの国王とオメガの王妃は、王族にしては珍しい恋愛結婚で、二人の間にはすでに王子と王女が誕生している。彼らは自分たちの幸福を他者にも分け与えたいと考え、二人が出会った初夏の季節に、毎年舞踏会を主催していた。その舞踏会で出会ったカップルは、国王夫妻のように幸せになれるとまで言われている。

（オメガの貴族が、参加しやすい催しだと聞いているけれど……）

今宵の会だけは、国王夫妻の呼びかけのおかげで、普段は屋敷に籠もっているオメガの貴族たちも自由に参加することが許されていた。もちろん抑制剤の服用は必要だが、つがいを探すアルファも多く参加するため、気に入った相手と結ばれる確率がぐんと高くなる。

「つまり、だな。君には俺の護衛をしてもらいたい」

ますます意味がわからず、メルティナは肩をすくめた。

「護衛なら近衛騎士たちがするでしょう。彼らの能力にご不満なら、わたしじゃなくて、エリック隊長を伴うとか。だけど団長に護衛？　どんな相手を想定したら護衛が必要なんて」

第一部隊の隊長名を出した途端、思いっきり嫌な顔を向けられた。

「だから……このところ義姉上《あねうえ》は、俺の相手を探すのに躍起になっていてな。今夜も多くの令嬢を紹介されるだろう。だが、俺はそれが煩わしい。その気がないのに時間を取らせて、相手の令嬢たちも可哀想《かわいそう》だ」

護衛よりも現実味を帯びた説明に、メルティナはようやく納得がいった。

本能ではなく心で相手を選びたいと言っていたヴァルターだから、すでに決めた相手がいるのだろう。その相手に不義理なことをしたくなくて、つまり彼女は体のいい虫除《むしよ》けだ。

ヴァルターがそのような提案をするとは思わなかったものの、補佐官の任務の一環として考えるなら得心するしかない。

「君を同伴すれば、さすがに義姉上も俺に相手を紹介するような失礼なことはしないだろう。そういった意味での護衛だ。もちろん、一緒に会場へ行ってくれるだけでいい。今宵、一夜限りの任務だ」

メルティナはゆっくりと口を開いた。

「それなら……このような不意打ちのようなことはせず、もっと前からおっしゃっていただければわたしの方でも準備できたのに」

ヴァルターが任務として事前に指示していたら、メルティナだってできる限り彼の意に添うよう努力しただろう。

「メル」

見上げたメルティナに、彼は鋭い目元をすっとやわらげた。

(ぁ……)

いままで目にしたことのない、とろけるように甘いヴァルターの微笑《ほほえ》みに思考が停止する。いつもは真剣なまなざしの彼だが、こんなふうにやさしげな表情もするのだ。

硬直しきったメルティナは、自然な仕草で抱き寄せられていた。

「優秀な君のことだ。先に相談していれば、君以外の人間を俺の相手として用意しただろう」

吐息さえ触れそうな距離に、頭の中が沸騰しそうになる。メルティナは背中に回された筋肉質な腕の感触から、できる限り意識を逸《そ》らした。

「あ、あたりまえです！　わたしでは、団長のお相手に相応《ふさわ》しくありません。こんなに華やかなドレスも……わたしが着るなんて知ったら、デザイナーも縫ったお針子たちも、きっと落胆するに決まっています」

この素敵なドレスはもっと美しい人が着るべきだ。レベッカたちもよく似合うと褒めてくれたけれど、容姿に対するコンプレックスはそう簡単に消えはしない。

みんなが不幸になると訴えたのに、なにがおかしいのかヴァルターは喉を震わせて、くくっと笑った。

「とても似合っている。君に相応しいと思って選んだドレスだ」

ずるい、と思う。

ヴァルターこそ普段でも完璧すぎるほど素敵だったのに、今日の彼は軽薄だが魅力的な貴公子のようだ。響きのよい低い声も、とろけるようなまなざしも、それに——触れ合った身体の逞《たくま》しさも、なにもかもがメルティナを落ち着かなくさせる。

心臓が破裂して、胸から飛び出てしまうかもしれない。

「お願いだ。不意打ちしたことは謝ろう。だがこんなことは、信頼できる者にしか頼めない。だから……どうか俺を哀れに思って助けてくれないか？」

まるで恋人にささやくような甘やかな声。尊敬し崇拝する上司、おまけにひそかに想いを寄せる相手に懇願されて、嫌と言える人間がいるだろうか。少なくともメルティナはそうではなかった。

覚悟を決めて、しっかりと頷いた。

「……わかりました。わたしが団長をお守りします」

引き出した答えにヴァルターは破顔する。

けれどその表情が一瞬だけ、後ろめたそうに曇ったことにメルティナは気づかなかった。


国王夫妻が主催する舞踏会は大盛況だった。

一目でオメガとわかる麗しい紳士淑女が装いを凝らし参列しているのだから、華々しさは当然としても、彼らに群がる美貌のアルファたちの壮麗さにも目を見張るものがある。

その美しい人々が巨大なシャンデリアの輝きの下、楽団が奏でる音楽に合わせて踊るダンスは圧巻の一言で、ため息が出るほど幻想的な光景だ。

けれどその中でもっとも人目を引くアルファは、メルティナの隣にいるヴァルターだろう。

鍛え上げられた肉体を持つ彼は、その場にいるだけで迫力がある。

男らしく精悍《せいかん》な美貌は、居並ぶアルファたちの中でも一際輝きを放っていた。雄としての魅力に魅了されたように、何人ものオメガたちがうっとりと彼を見つめる。

もっともヴァルターはその視線がまったく気にならないようで、まるでつがいを守る過保護なアルファのようにメルティナの傍から離れなかった。

（なんだか、ちょっと変な感じ……）

たしかに、同伴者がいるアルファに執拗に迫るのはマナー違反だ。

けれど際立ったところのないメルティナの外見から、彼女をオメガに見間違える人はいないだろうし、すでに王弟の同伴者が正騎士団長補佐官であることは知れ渡っているだろう。

便宜的に彼女を伴っているのは明らかなのに、誰もヴァルターに声をかけないのは不思議だった。

先ほど、国王夫妻に拝謁したときもそうだ。

突然ヴァルターに促されて狼狽えたが、彼に伴われた者の礼儀として、メルティナはおそるおそる国王夫妻と顔を合わせた。

王弟にオメガの女性を紹介しようとしていたらしい国王夫妻は、彼女の存在に眉を顰《ひそ》めるかと思ったのに、そのようなことはまったくなかった。

それどころかエリーゼ王妃は、ようやくお目にかかれましたと温かな言葉までかけてくださった。どうやら慈善家で名高いリーヴィス子爵家の娘に会ってみたかったらしい。今度はお茶会に招待しましょうと誘われて、冷や汗をかいたことを思い出す。

「疲れていないか」

花びらが舞うように優美に踊るアルファとオメガの一団を見つめていたメルティナは、問いかけられてゆっくりと首を振った。耳元を飾る宝石が重たく揺れる。

「身体はそれほど。今夜は一晩中、本部の方にいるつもりでしたから、それに比べたら。でも、気疲れはしているみたいです。視線もちょっと痛いですし」

オメガばかりか、アルファの視線までチクチクと肌を突き刺す。

メルティナが近衛騎士団に在籍していた当時、彼女を虐げていた近衛騎士たちだ。

正騎士団長と部下はいえ、王弟であるヴァルターの傍に自分たちより格下に見ていたメルティナがいることが、我慢ならないらしい。

「……メル、君が望むなら」

低い声にひそむ獰猛《どうもう》な気配を感じ取り、メルティナは慌てて頭を振った。

「待ってください。別になにかをされたわけじゃないんです。団長も近衛騎士団との折衝は、わたしに任せてくださってますよね？　自分で言うのもなんですけど、それなりに対応できていると思うんです」

近衛騎士団から正騎士団へと異動したメルティナだが、必ずしも古巣の近衛騎士全員から目の敵にされている――というわけではない。もっとも執拗に絡んできた騎士はすでに退団していて、当時は苛められていたメルティナもいまでは正騎士団に対する正式な交渉相手としてみなされていた。睨《にら》んできたのも、あくまでも一部のアルファたちだ。

「もちろんだ。君は上手《うま》くやっている」

認められて、じんわりと胸が熱くなる。

「ありがとうございます。なので……一部の方たちにはよく思われていなかったとしても、そんなことで団長のお手を煩わせるなんて、補佐官失格です。視線が痛いなんて言ってしまいましたけど、実害はないですし、ね」

むしろ弱音を吐いてしまったことを後悔する。

本物の恋人だったら、彼に甘えることも許されたかもしれない。けれどそうではないメルティナが上司であるヴァルターに過剰に頼るなんて、とんでもないことだ。

「真面目なのは君の美点だが、君が俺を頼ったところで誰も咎《とが》めはしない」

なぜかヴァルターが憮然《ぶぜん》と告げたので、メルティナはくすっと笑った。

そうかもしれないと思う。けれどメルティナは、彼の信頼に応えられる部下でいたかった。

「どうしてものときは、団長の力をお借りします」

まだなにか言いたげなヴァルターだったが、大広間の反対側に視線をやると申し訳なさそうに口を開いた。

「あともう一人だけ、君を紹介したい相手がいる。リュネーブル公爵《こうしゃく》は知っているな？」

逝去された先王陛下の弟君、つまりヴァルターの叔父に当たる人物だ。

「もちろん存じ上げています。でも……ご親戚の方々は皆様、団長に相応しいお相手を紹介するつもりだったんですね」

「……まあな」

神妙に頷くと、ヴァルターは彼女の手を取った。大広間の周囲をぐるりと回るように歩き出し、メルティナもそれに付き従う。王弟に手を引かれ、真紅のドレスを着た地味なベータに絡みつく好奇の視線。ちくちくと痛いが、耐えられないほどではない。

しばらく歩いたところで、メルティナがヴァルターに先んじて広間の異変に気づいたのは、ほんの偶然だった。自分に向けられていた視線の変化に気がついたのだ。

（あれは……）

貴族の令嬢、しかもオメガと思われる若い女性が、二人に向かって歩いてくる。

銀糸のように輝く髪と濃い紫の瞳の美しい令嬢だ。白い肌は薔薇色《ばらいろ》に上気し、わずかに開いた唇がぽってりと色っぽい。ドレスからこぼれそうなほど盛り上がった胸が、人々の視線を誘った。

ふらふらとした足取りは、まるで深酒で酩酊《めいてい》しているような。

鼻先に漂う甘い匂いに気づいて、メルティナはヴァルターの腕を振り払い駆け出した。

「メルっ！」

「大丈夫ですか？　騎士たちもこの方を保護してっ」

周囲の視線から、令嬢の身を隠すように立ち塞がる。

最初は香水の類《たぐ》いかと思った濃厚な匂いだが、彼女の香りにつられて視線を寄せるアルファたちの様子に正体が判明した。これはオメガの発情香《はつじょうか》だ。

周囲にいるアルファの貴族たちは、パートナーがいても皆、一様にとろけたまなざしを令嬢に向ける。中には一歩、また一歩と彼女に向かって歩き出す者までいた。

発情中のオメガが抑制剤を服用せず、公共の場に出ることは禁止されている。

それはこの特別な舞踏会でも変わらない。ベータであるメルティナさえも感じ取れる強烈な香りは異常だが、その上そのような匂いを発するオメガが、無防備に人前へ出てくるなど正気とは思えなかった。事故か——あるいは故意か。

異変に気づいた近衛騎士のうち、数人のベータたちがばたばたと集まってくる。

賢明な判断だ。この強烈な香りの前では、抑制剤を服用していようとアルファの騎士では役に立たないだろう。

メルティナの背後で、追いかけてきたヴァルターの気配がした。彼もまたアルファだ。メルティナは上官の身を案じたが、視線は目の前の令嬢から動かさなかった。

「あなた、邪魔よっ！　わたくしを誰だと思っているの？　父はカラム侯爵よ！」

瞬間的に嫌な記憶がよみがえる。近衛騎士だったメルティナになにかと絡んできたアルファの騎士――彼の名前はイアン・カラムだった。宮廷にも影響力の強いカラム侯爵の庶子。

メルティナには妹を救うため、彼に従わなければいけないと覚悟した忌まわしい記憶がある。偶然にもヴァルターが助けてくれたからよかったものの、もし従っていたらあの恥知らずな男に、どのような要求をされていたことか。

父親を同じくするということは、この令嬢はイアンの妹なのだろう。こちらを睨みつける目元に嫌な男の面影を感じて、喉が締めつけられるような気がした。

「どきなさい。わたくしは殿下《でんか》のつがいになるの……お慕いしております、殿下。どうかわたくしを殿下のオメガにしてくださいませ！」

邪魔なメルティナを押《お》し退《の》けるように、令嬢が声を張り上げる。

カラム侯爵の名を聞いて、近衛騎士たちの動きが止まった。かつての近衛騎士の妹――それに高位貴族の名を告げられ、戸惑っているのだ。

彼らに任せることはできないと悟り、メルティナは令嬢の肩に手を伸ばした。故意にせよ、あるいは発情で我を忘れているにせよ、この令嬢を保護する必要がある。

「……ソフィアナ嬢、このような場で正気とは思えんな」

そのとき、背後から嫌悪感も顕《あら》わなヴァルターの声が響いた。

彼もアルファだから、この強烈なオメガの匂いにまったく影響を受けていないわけではないだろう。

しかし冷ややかに響く声から興奮の兆しは感じられず、メルティナはひそかに胸を撫で下ろした。

アルファにとってオメガの発情香に誘惑されるのは自然なこととはいえ、この令嬢の匂いに酩酊する彼を見たくなかったのだ。

「落ち着いてください。あなたはいま、冷静さを欠いているように見受けられます。この場には陛下や妃殿下もおいでになるんですよ」

押しとどめている間に離れてくれたらいいのに、後ろにいるヴァルターは動きそうにない。そうこうしているうちにアルファ以外の貴族たちまで騒ぎ始め、広間に動揺が広がった。

メルティナに肩を押さえられた令嬢は、美しい貌《かお》に怒りの表情を浮かべて右手を振り上げた。

「だからあなた、邪魔だったら！　殿下の前からどいて！」

白い手のひらが勢いよく振り下ろされ、メルティナの左頬で派手な音が鳴る。

「っ……」

想像以上の痛みに思わず呻《うめ》いた。侯爵令嬢の手はメルティナの耳飾りを巻き込み打擲《ちょうちゃく》したので、尖《とが》った宝石の留め具で頬が傷ついたのだ。

「メル!?　近衛騎士たち、いいかげんにしろ。侯爵令嬢を連れ出せ！」

ヴァルターの激しい檄《げき》に、ようやく近衛騎士たちが動き出した。メルティナの代わりに数人がかりで、興奮した令嬢を押さえつける。

そのとき、人波をかき分け壮年の男性が駆け寄ってきた。

やや灰色がかった髪と、豊かな顎鬚《あごひげ》を蓄えた口元。彼こそカラム侯爵だ。

「ソフィアナ!? おまえ、なんということを……！ 殿下、申し訳ございません。すぐに娘を退出させます」

異様なほど焦りのにじむ声で厳しく娘を叱責すると、カラム侯爵は近衛騎士たちと共に、暴れる令嬢を大広間の外へと連れて行く。それと同時に彼女が発していた甘ったるい匂いは、急速に薄れ始めた。

元凶が去ったことでメルティナは肩の力を抜いたが、今度は別の問題が彼女の身に降りかかってくる。

「なぜ避《よ》けなかった！」

振り向いた瞬間、険しい表情のヴァルターに怒鳴られたのだ。琥珀色の瞳が激しい怒りを宿し、彼女を睨みつけている。

メルティナは怒られている意味がわからず、ぽかんと彼を見上げた。

けれど伸ばされた指先が頬に触れ、自分のものとは違う温《ぬく》もりが伝わると、慌てて目を伏せる。触れられた場所から、じわじわと熱が広がっていく気がした。

「……これくらい大丈夫です」

嘘《うそ》偽りない真実だ。騎士であるメルティナだから、実戦ではこの程度の怪我《けが》など日常茶飯事だった。

「顔の傷だ。避ける気があればできなかった傷だ！」

しかしヴァルターの怒りは収まらない。

メルティナの動体視力と反射神経があれば、避けることは可能だった――それがわかっているからこそ、無駄《むだ》な怪我を負った部下を責めているのだろう。

けれどメルティナにもメルティナの言い分がある。

「叩《たた》かれておくのが最善だと思ったので」

カラム侯爵の人柄は知らないが、その息子のイアンは、陰険な男だった。

すでに近衛騎士団を退団し、この場でも姿を見かけなかったが、妹が正騎士、しかも取るに足らないと苛めていたメルティナに行動を止められたと知れば、質《たち》の悪い仕返しをしてくる可能性がある。

自分はどう言われても構わない。でもおかしな噂《うわさ》を流されて、ヴァルターに迷惑をかけたくない。

だから保険として、左頬を差し出した。衆人環視で暴行を働かれたことが明らかなら、侯爵令嬢の身体に触れることも悪く言われないと考えたのだ。

「くそ……手当てをしに行くぞ」

ところがヴァルターは、メルティナの腕を強引に掴んだ。

「待ってください。本当に大丈夫です。ちょっとした擦り傷で、血がにじんでいるだけですから」

「メル！」

苛立《いらだ》つヴァルターに怒鳴られて、胸がきゅっと締めつけられる。心配されているのはわかるのだが、想う相手に睨まれるのは辛《つら》い。

「メルティナ・リーヴィス、弟の言うとおりだ。すぐに手当てに行きなさい」

「陛下……！」

いつの間にかすぐ傍まで来ていた国王の姿に、メルティナは頭を下げた。

ルーヴェルク王国の統治者であり、ヴァルターの兄上。先ほど拝謁したときは、王妃と共に温かく声をかけてくださった。

「君が勇敢な女性であることはわかった。だが、いまは弟を安心させてやってくれ」

仕えるべき王にそう言われてしまっては、これ以上抗《あらが》うことはできない。観念したメルティナを、ヴァルターは広間から連れ出す。

掴まれた腕は振りほどけそうになく、メルティナはひそかにため息をついた。


「……悪かった」

休憩用に用意された一室。

長椅子に座らされたメルティナは、医療用キットを手にしたヴァルターから手際よく治療を受けた。

自分ですると告げたのに、頑《かたく》なに断られた末のことだ。

幸いにも傷は浅く血がにじむ程度だったので、消毒と化膿《かのう》止めの軟膏《なんこう》を塗るだけで終わった。わざわざ手当てするのが馬鹿馬鹿《ばかばか》しいほど小さな傷だ。

それなのにヴァルターは彼女の前に跪《ひざまず》いたまま、深々と頭を下げている。

「やめてください。団長のせいじゃありません。わたしが自分で叩かれたんです」

こんなことなら侯爵令嬢の手を避けていればよかった。ヴァルターに謝ってもらう理由など一つもない。

問題なのはオメガでありながら発情して公共の場に現れた侯爵令嬢で、ヴァルターは彼女につきまとわれただけ。

オメガを苦手だと言っていた彼の言葉が思い出されて、胸が苦しくなる。きっと子供の頃に、ああいったことが何度も起きたのだろう。

幼い彼が心身を鍛え、本能に抗いたいと決意するほどに。

「それに今日は、わたしが団長の護衛ですから……ね？」

護衛が、護衛対象を守れたのだから本望だ。

軽口で終わらせようとしたのに、メルティナを見つめる琥珀色の瞳はますます深い憂いを帯びた。

「……君を連れ出した俺の責任だ。本当にすまない」

「団長……だから、大丈夫なんです。放っておいても治るような傷ですし。こんな地味な顔、傷の一つや二つ残った方がむしろ目立って」

「メル」

怖い顔で睨まれて、メルティナはもう本当にどうしていいのかわからなくなった。

大丈夫だと言っているのに、ヴァルターは聞き入れてくれない。この気まずい雰囲気をどうすれば打開できるのだろう。

まるで未婚の令嬢の顔を傷つけたみたいに、彼は責任を取りたそうにしている。

メルティナは自分がその『未婚の子爵令嬢』であることを完全に忘れていた。そしてようやく違う話題を思いつき、慎重に口を開く。

「だ、団長のお加減は……」

発情香の影響はないのかと、暗に尋ねた。

「普段よりも抑制剤の量を増やしていたからな。だが、そのせいで彼女の匂いにも気づかなかった。周囲の様子があれでは、相当強い香りがしていたんだろう」

「ベータのわたしでもわかる匂いでしたから……あれは、っ」

突然、俯《うつむ》いた彼女の傷口――直接そこには触れないぎりぎりの場所を、ヴァルターの指先がなぞった。治療していたときとは違う、おそるおそるたしかめるような、やさしい指先だ。

硬直するメルティナからヴァルターは視線を逸らさない。

「こんな傷を君に……俺のくだらない欲が招いた結果だ」

不思議な言葉だった。

「欲、ですか？」

「ああ」

それきり彼はなにも告げず、メルティナの頬をさすり続ける。

メルティナはメルティナで、指の動きに上擦った声をこぼしそうになって、必死に口を閉ざした。

触れるのをやめてほしい。重なった場所から熱が広がって、顔どころか首筋まで熱くなる。ドキドキして、それから少しふわふわする。

やめてほしいのにやめないでほしいような、相反する気持ちがせめぎ合った。

「……君は、香水をつけているのか？」

ヴァルターが艶のある低い声で尋ねてきた。

「香水？　いいえ……でもレベッカたちが髪に香油《こうゆ》を」

けれどそれは、ごく淡い香りだったはずだ。

くすんだアッシュブロンドに艶を出すために、控えめに塗られた程度のもの。

「そうか……とてもいい匂いだ。君にあっている」

ヴァルターは身を乗り出すと、メルティナの喉元に顔を近づけた。普段なら驚いて飛び退くような距離なのに、彼女はなぜか動けなかった。

頭の奥が痺《しび》れたようにぼうっとする。匂いを嗅がれてはずかしいのに、この時間を壊したくない。

見上げてくるヴァルターの瞳は、蜂蜜《はちみつ》を煮詰めたように甘い色をしていた。燃えるようなまなざしに射抜かれて、頬から広がった熱がメルティナの全身を焼きつくす。

男らしくて、誰よりも素敵なアルファ。

「メル」

「ぁ……」

唇が触れ合いそうなほど近づいた瞬間、勢いよくヴァルターが立ち上がった。

メルティナの頭を覆っていた桃色の靄《もや》が霧散する。自分たちはいま、一体なにをしようとしていたのか。顔を寄せ合い、あんなにも唇を近づけて。

「すまない」

ヴァルターの謝罪の言葉がすべてだった。

弾《はじ》かれたように顔を上げたメルティナの前で、口元を手で覆った彼は、信じられない——そんな顔をしていた。動揺した表情に胸が締めつけられる。

(違う、のに……)

くちづけを望んでいたわけではない。想いを口に出せないメルティナにとって、くちづけは、夢見ることさえ許されない大望だ。だからそんな、申し訳なさそうな顔をしないでほしかった。

夢見心地でふわふわと浮かれていた身体が、急速に冷えていく。

「こんなことをするつもりでは……」

これ以上みじめな気持ちになりたくなくて、メルティナはなにごともなかったかのように微笑んだ。

ヴァルターは彼女の傷に責任を感じて、手当てしてくれただけ。ただちょっと、単なる気の迷いで顔を近づけただけ。

きれいなドレスを着せてもらって、まるで恋人のように紹介されて、その上顔についた些細《ささい》な傷を大袈裟《おおげさ》なほど心配してくれるから、脳が勝手に錯覚してしまったのだ。

彼がこれまで以上の親密さを望んでいる——そんなこと天地が逆さまになってもあり得ないのに。

ヴァルターは見た目も中身も素晴らしいアルファで、メルティナは冴《さ》えないベータだから。

「わかっています。手当てしていただき、ありがとうございます」

立ち上がったメルティナは、まだ口元を押さえたままのヴァルターに毅然《きぜん》と告げた。

「そろそろ戻りましょう。あんな形で団長が抜けて、皆様、心配なさっているでしょうから」

「……だが、メル」

「リュネーブル公爵へのご挨拶はよろしいのですか?」

これ以上二人きりでいたくない。そんなメルティナの意志を感じ取ったように、ようやくヴァルターは頷いてくれた。

差し出された手に指先を重ね、休憩室を出る。

この部屋で起こったことはすべて夢だったと、メルティナは思うことにした。

3

「姉様……メル姉様ったら」

可愛《かわい》らしい声に呼ばれて、メルティナははっと我に返った。

明るい金髪と愛らしい榛《はしばみ》色の瞳を持つ妹が、心配そうに覗《のぞ》き込んでくる。寝台横の椅子に座ったまま動かなくなった姉を、不審に思ったのだろう。

枕を背に座るアマリアの膝上には、メルティナが贈ったばかりの恋愛小説が置かれていた。少女たちの間で流行《はや》っているそれを、読みたいとせがまれ買ってきたのだ。

「ごめんなさい。ちょっとぼんやりして。読み終えてしまった？　つまらなかったの？」

「いいえ、面白いわ。だから姉様も、王宮でこんなに素敵な恋をした？　って尋ねたのよ」

無邪気な妹の言葉に、胸がツキンと痛んだ。

ヴァルターに伴われて参加した王宮舞踏会《ぶとうかい》の夜から、一週間が経《た》っていた。

あれ以来、メルティナは薄氷の上を歩くような緊張感にさらされている。

上手《うま》く言葉にできないけれどヴァルターの――彼のメルティナへと向けられる視線が、これまでと変わったような気がするのだ。物憂げな、それでいて炎がちらつくように情熱的なまなざしが、ふとした瞬間にこちらを見ている。

そしてそのたびに、メルティナの身体《からだ》も燃えさかる火の海に突き落とされたように熱くなる。

めまいがして、胸の奥が灼《や》けたように息ができなくなって、それなのに彼に抱きつきたいような衝動に襲われる。

恐らく疲労が溜《た》まって、おかしくなっているのだろう。めまいや熱は一過性のもので、長くは続かないから、ただの体調不良だと思い込んでいた。

溜まっていた休暇を消化すれば、疲労回復もできるだろうと。

ただ、あの炎のような瞳を思い出すと、いまも得体の知れない熱が這《は》い上ってくるような気がする。

「恋なんてする時間がないわ。もう王宮勤務でもないし」

体調不良を妹に気づかれないよう、笑顔を浮かべてやり過ごす。

「そうよね。メル姉様はお忙しくって、なかなか帰ってきてくださらないもの」

可愛らしく唇を尖《とが》らせるアマリアに苦笑した。

「今度からもう少し、頻繁に帰るようにするわ。アマリアの顔も見たいし」

六つ年の離れた妹は、難病から回復したいまも病弱で、社交界にも参加できず退屈している。

せめて本好きの彼女が、気に入る本がたくさん見つかるようにせっせと贈っているのだが、好奇心旺盛なアマリアにとってそれだけでは物足りないのだろう。

「本当？　約束よ……お父様もお母様も心配しているの。正騎士《せいきし》になってからメル姉様、ますます忙しくなってしまって。今日はお顔にまでお怪我《けが》をされて」

「これは別に……大した怪我じゃないのよ。すぐに治るわ」

あの日の手当てがよかったのか、傷はすでにかなり薄くなっている。肌が白いので赤い傷痕が目立つが、しばらくすれば消えてしまうだろう。

アマリアが目敏《めざと》すぎなのだ。

「すぐに治っても治らなくても、姉様の大切なお顔よ。傷つけるなんてわたしが許さないわ」

「ふふっ、ありがとう」

妹の気持ちが嬉《うれ》しくて、自然と頬が緩む。

「もう、姉様ったら。でも、本当にいらっしゃらないの？　その傷を心配してくれるような方。メル姉様と想いを交わすような方は……」

――メル。

脳が痺《しび》れるほどの甘い声と情熱的なまなざしを思い出し、メルティナは目を伏せた。

あとから何度も、呆《あき》れるほど何度もあの夜の休憩室で起こったことを反芻《はんすう》した結果、メルティナは自分に触れたヴァルターが、侯爵《こうしゃく》令嬢の匂いに影響されていたと結論づけた。

彼は抑制剤を服用していると言っていたけれど、あれほど強烈なオメガの匂いだ。まったく影響がなかったとは考えにくい。その証《あか》しに、周囲にいたアルファたちも一様にとろけた表情をしていた。

ヴァルターだけが例外だなどとあり得るだろうか。

そしてアルファの本能を刺激された彼は、ベータではあるが手近な相手――つまりメルティナへと手を伸ばした。そこに彼の思考は介在せず、アルファの衝動に導かれただけ。

いかにもあり得そうなことだと、メルティナは自分の考えに得心した。

あの日以降ヴァルターのまなざしが変化したように感じたのは、きっと気のせいだ。

あるいは高潔な彼のこと、もう一度メルティナに謝罪したくて機を窺《うかが》っているのかもしれない。そのような必要はまったくないのに。

(わたしはただ、団長のお傍《そば》でお役に立ちたいだけ……)

余計な気を回さず、使い捨ての駒のように扱ってほしい。気をつかわれて変に遠慮されるより、その方がずっとよかった。どんな形であれヴァルターの役に立てる——それこそがメルティナの誇りであり喜びなのだ。

「いないわ。そんな方」

きっぱりと答えたのは、妹に打ち明けるような想いではないからだ。

メルティナの答えに気をよくしたのか、アマリアの表情がぱっと輝いた。

「なら、ハインツ兄様はどう?」

「ハインツ?」

「僕が、どうしたって?」

不意に部屋の入り口から低い男性の声がして、メルティナは背後を振り返った。

案内もなくアマリアの部屋に入ってきたのは、彼女たちの従兄《いとこ》ハインツだ。輝かしいシルバーブロンドと碧《あお》い瞳の青年で、昨年父親を亡くして爵位《しゃくい》を継いでからはレンツェ伯爵《はくしゃく》と呼ばれている。

ベータ揃《ぞろ》いのリーヴィス子爵家《ししゃくけ》の四姉妹とは違い、彼はアルファだった。

しかし従姉妹《いとこ》たち、特にメルティナやアマリアとは幼い頃から仲がよく、爵位を継いでからもリーヴィス子爵一家をなにかと気づかってくれる。

「叔父上たちは外出されているようだから、アガサに言って勝手に上がらせてもらったんだ……やあメル。久しぶり」

アガサはリーヴィス子爵家の忠実な使用人だ。金銭に無頓着《むとんちゃく》な子爵夫妻の代わりに、家政の一切を任されている。その彼女も『ハインツ坊ちゃん』を昔から可愛がっていた。

「お久しぶり、ハインツ。あなたも元気そうね」

メルティナは屈託なく微笑《ほほえ》んだ。

一歳年上の従兄は幼馴染《おさななじ》みであり、気の置けない相手だ。

大人しいけれど身体を動かすことが好きな子供だったメルティナは、引退した騎士から彼と共に剣術を学んだ。そのきっかけがなければ騎士になろうとは思わなかったので、従妹《いとこ》を邪険にせずかまってくれた彼にはいまも感謝している。

ハインツは近くの椅子を引き寄せると、メルティナの隣に座った。

「ほらね。メル姉様が帰ってくるってお伝えしたら、ハインツ兄様も絶対に寄ってくださるって思っていたの」

なにが嬉しいのか、アマリアがきゃっきゃと声を上げた。

「まいったな……そういえばメル、この前の王宮舞踏会ではずいぶんな活躍だったらしいじゃないか。その顔の傷」

子供っぽいアマリアの様子に苦笑したハインツだったが、メルティナの頬に視線を向けると深刻そうに眉間に皺《しわ》を寄せた。

「まさかあなたもあの場にいたの？」

国王夫妻主催の王宮舞踏会の目的はオメガとアルファの集いなので、アルファであるハインツが招待されていてもおかしくない。

「いいや、あとでルドから聞いたんだ。僕は行かなかったけど、正装した君はとても美しかったってね。参加しなかったことを後悔したよ」

ルドとはハインツの弟で、こちらもアルファのルドルフのことだ。

メルティナは気づかなかったが、ルドルフがあの場にいたということは、カラム侯爵令嬢ソフィアナが引き起こした騒ぎを見ていたということだろう。

当然すべてハインツにも筒抜けということで、過保護な幼馴染みにお小言を言われるかもしれないと瞬間的に身構えた。

「……だが、君は自ら殿下《でんか》の盾になろうとしたらしいじゃないか」

「なにを聞いたか知らないけど、ちょっとした行き違いだったのよ。大したことじゃないわ」

「顔にそんな傷をつけられて？」

ヴァルターだけではなく、ハインツにも大丈夫だとくり返さなければいけないらしい。メルティナの周囲のアルファは、なぜか過保護な人たちばかりだ。

「なになに、ハインツ兄様、なにをご存知なの？」

事情を知らないアマリアが身を乗り出す。メルティナは咄嗟《とっさ》に従兄へ目配せした。

ハインツ相手に事情を説明するのはかまわない。けれどアマリアには好んで聞かせたい話ではなかった。姉思いの彼女は、きっととても心配する。いまもまだ身体が弱い妹を不安がらせたくない。

幸いにも、ハインツはメルティナの意図を汲《く》み取ってくれた。

「ごめん、アマリア。僕の勘違いだったみたいだ。そうだ……今日は君たちにお土産を持ってきたよ。はい、シュデーデルのボンボン」

抱えていた外套《がいとう》のポケットから王都で人気の菓子店の箱を取り出すと、ハインツはアマリアへと手渡した。

その瞬間、彼女の興味は特別な贈り物へと移ったようだ。桜色の小さな箱を大切そうに受け取ったアマリアは、すぐさま真っ白なリボンに指をかける。

「ありがとう！　開けてもいいの？」

「もちろん」

「……まあ、美味《おい》しそう！　姉様、いただきましょう」

シュデーデルのチョコレート菓子は、貴族でも入手困難と言われている。流行りに疎いメルティナでさえ知っている有名店の菓子に、アマリアは子供のように喜んだ。

しかしメルティナは妹のように素直に喜べない。ハインツにはこれまでもなにかと援助してもらっている。従兄の心づかいに恐縮するばかりだ。

「わたしたちにこんな素敵なお土産、いいの？」

「僕の大切な従妹たちのために買ったんだよ。さあほら、メルもどうぞ」

碧い瞳を細めて笑うハインツに促され、メルティナもチョコレート菓子を一粒摘《つま》んだ。口の中で甘くとろけて、ほんのわずかに酒精の香りが漂う。

「美味しいわ。ハインツ兄様はいらないの？」

アマリアはすでに二つ目のチョコレートを頬張っていた。

「君たちへのお土産だからね。どう、メル？」

「もちろんとっても美味しいわ。だけどアマリア、食べすぎてはだめよ。あなた、すぐにお腹《なか》を壊すんだから」

「メル姉様ったら。いつのことを言っているの？　これくらい大丈夫よ」

よほど美味しかったのか、アマリアは残りの二粒をすべて口にしてしまった。全部食べてしまってごめんなさいと照れ笑いする妹が可愛くて、メルティナも微笑む。

彼女と、さらに末の妹でいまは寄宿学校に入学しているエイミーは、いつまで経っても可愛らしい。

諫《いさ》めるべきは諫めなければと思うものの、ついつい甘くなってしまう。

「そういえば、本日叔父上たちはどちらに？」

「教区の神父様のところよ。この前の大雨で家を失った方々への援助を相談するって……あら、でももう帰っていらっしゃったみたい」

ハインツに尋ねられて答えたアマリアの声に被さるように、階下で主人を迎えるアガサの声が響いた。

「……ならわたしはご挨拶をして、そろそろ帰ろうかしら」

「そんな、メル姉様。もうお帰りになるの？」

「早すぎないかい？　僕ももっと君と話したいよ」

立ち上がったはいいが、妹と従兄に引き留められると心が揺れる。けれどメルティナには、あまり長居をしたくない理由があった。

そうこうしているうちに娘が帰ってきたことを知ったリーヴィス子爵夫妻が、アマリアの居室を訪れる。灰色の髪と穏やかな顔つきのステファン・リーヴィスとその妻イライザ・リーヴィスは、家を出て久しい次女と再会して口元を綻ばせた。

「メル！　久しぶりだな。元気だったかね」

「お母様にもよく顔を見せてちょうだい。お父様とずっと心配していたのよ。危険な仕事はしていない？　まあ、メル。あなたったら顔に傷がついて」

「お久しぶりです。お父様もお母様もお元気そうでなによりです……なかなか帰ってこられなくてごめんなさい。怪我はちょっとした不注意でできたもので、大事ありませんから」

リーヴィス夫妻は裏表のない人たちで、メルティナは両親を愛していた。彼らからのたしかな愛情も感じている。

ただ、夫妻はちょっとお人好しが過ぎて、見境がなくなるときがある。いまも彼らは騎士団勤めの娘に聞かせたい話題があったようで、間髪を入れずに話し出した。

「メル、この前の大雨の被害を知っているかな」

「教区の神父様と相談したのだけど、住む場所を失った人たちのために家を建てようと思って。できたら騎士団の皆様や、王族の方々にもご賛同いただきたいのだけれど」

メルティナが口を開く前に、アマリアが叫んだ。

「だめよ！　お父様、お母様！　そんなことお願いするから、メル姉様が帰って来辛《きづら》くなるのよ！　お父様たちが貧しい方々をご支援するのはいいことだけど、これ以上メル姉様を巻き込まないで。それでなくても姉様、わたしたちのために無理してくださるのに」

「アマリア……おまえ」

病弱な娘の悲痛な剣幕《けんまく》に、リーヴィス夫妻は顔を見合わせた。

彼らにはまったく悪気がないのだ。メルティナが家計を支援していることもわかっている。その上で娘の同僚たちにも支援の輪が広がればいいと、本気で思っているのだ。

メルティナは妹を穏やかに見つめた。姉が帰宅する頻度が低いのは、帰れば両親に慈善の無心をされるからだと気づいているやさしいアマリア。

両親を愛する姉が、断ることにも苦痛を感じているとわかって声を上げてくれた。だけどあまり興奮すると身体に悪い——そう言いかけて、自分の身体の違和感に気づく。

（なに、これ。熱い……っ）

足先から熱気が忍び寄る。それはメルティナの肌を伝い、瞬く間に全身を焼きつくした。目の前がチカチカと瞬き、額から汗が流れる。熱い。苦しい——息ができない。

「メル、どうした!?」

従妹の異変に真っ先に気づいたのは、同じく椅子から立ち上がっていたハインツだった。

彼は、胸を押さえて必死に息を吸うメルティナの背中を撫《な》でてくれる。

けれどもその行為が、彼女の不調を一気に悪化させた。

「ぁ……あ、あああああっ」

「メルっ！」

ハインツが触れた場所から、さらなる熱が燃え広がる。頭の奥が甘く痺れ、喘《あえ》ぎながら身体をくねらせた。

熱いだけではなく、全身がひどくうずいている。触ってほしい。いますぐもっと——と叫びかけたときだった。

その瞬間、夜の休憩室で熱く自分を見つめていたヴァルターのまなざしを思い出して、メルティナはぱっと目を見開いた。

「ハインツっ、離れて……っ」

悲鳴じみた声に、従兄の手が止まる。

「メル姉様っ」

「メル⁉」

驚く妹や両親の声に応えることなく、メルティナはその場を駆け出した。向かう先は、家を出るまで自分が使っていた部屋だ。幸いなことに両親はそのままの状態で残してくれている。慌てて部屋に駆け込むと、後ろ手に鍵をかけ、ずるずると座り込んだ。

(苦しい……どうして……)

上手く息を吸えない。いや、吸っても吸っても楽にならない。心臓が壊れそうなほどバクバク音を立て、太ももの奥が妖しく熱《ほて》りだす。その場所に触れてみたい。触れて、思いっきり中をかき混ぜて。

「っ……」

あさましい想像を追い払いたくて、強く首を振った。

これではまるでオメガのようだ。抑制剤を飲み忘れて、発情をきたしたオメガ。けれどメルティナはベータであり、発情するなどあり得ない。

「どうしたんだ。メル……っ」

父のリーヴィス子爵が、心配そうに扉の外から声をかけてくる。

それだけではない。母やハインツ、もしかしたらアマリアまでいるのかもしれない。だとするとこんな姿、なおさら見せられたものではなかった。

「だ、大丈夫だから……気にしない、で……」

自分でも異様に思うほど苦しそうな声だ。

メルティナは扉に背中を預けたまま、ぎゅっと目を閉じた。きっとすぐに鎮まってくれるはず——必死にそう言い聞かせても、身体はますます昂《たかぶ》り自分でも制御できなくなる。だらだらと流れる汗、熱った肌、それに身体の内側が物欲しげにうずいて気が狂いそうだ。

「ぁ……」

怖い。熱い。苦しい——助けて。

(団長……!)

愛《いと》しい男の面影にすがった瞬間、興奮が限界を突破してメルティナは意識を失った。

◇　◇　◇

それからの日々は、メルティナにとって地獄だった。

高熱と息苦しさ、それに気が狂いそうになるほどの身体のうずきに苛《さいな》まれて、睡眠も食事も満足にとれなかったのだ。職場にも一週間の休暇を申請した。

もちろん家族も手をこまねいていたわけではない。

リーヴィス子爵は反応のなくなった娘の様子に気を揉《も》んで、扉の鍵を外側から開けた。そこで倒れているメルティナを見つけると、すぐさまアマリアの主治医に診察を頼んだのだ。

そして往診に来た医師はメルティナを診て、迷うことなくオメガ用の抑制剤を処方した。

「わたしは初見ですが、稀《まれ》にベータからアルファやオメガに性別が変わる方がいらっしゃいます。変わるというより、目覚めたという言葉が正しいのかもしれません。メルティナ様も今後はオメガとして生活するよう心がけてください」

「オメガとしての、生活……」

二度目の往診の際に医師から説明され、メルティナは言葉を失った。

たしかに抑制剤の効果はあった。けれどそれはないよりはマシ程度の効き目で、発情を完全に鎮めるには至らない。おまけに薬を服用しても効果が発揮されるまでには時間がかかり、そればかりか副作用まで襲いかかる。

めまいと頭痛、それに絶え間ない吐き気。発情中の熱やうずきが抑制されても、これでは日常生活がままならない。

「仕事、は……」

医師に対して、馬鹿《ばか》な質問をしていると思った。

けれどオメガに変わったと聞いて真っ先に思い浮かべたのは、正騎士団での仕事のことだった。

「それは、メルティナ様の方がよくご存知かと」

「……そうですね」

オメガが仕事をするのは禁忌ではない。

しかし正騎士団にオメガはいない。近衛《このえ》騎士団にもだ。二つの組織にはアルファが多く在籍し、抑制剤を飲んでいても万が一オメガが発情すれば、組織の規律がいちじるしく乱れる。

オメガが騎士団で働けないのは明白だ。質問するまでもないことをメルティナが口にしたのは、彼女がそれだけ混乱していたからだ。

「薬が合わないようでしたので、いくつか試してみるのもよいでしょう。わたしが普段、取り扱っていない薬も入手することは可能ですが、いかがいたしますか」

「あまり高価なものは……先生もご存知のとおり、うちは貴族とは名ばかりで、わたしが働けないとなると、お金がないんです」

恥を忍んで事情を説明すると、医師は痛ましげなまなざしをメルティナに向けた。

彼女が騎士の職を失えば、リーヴィス子爵家は困窮することになる。蓄えはあるが、それもいつまで保《も》つか。抑制剤のために高い金は払いたくないというのが実情だ。

しかし薬が合わなければ、外出することさえままならない。体内で燠火《おきび》のように燻《くすぶ》る炎が、いつまた荒れ狂うかわからないのだ。オメガの身の不自由さに悄然《しょうぜん》となる。

医師が退室すると、メルティナは扉の鍵を内側からかけた。

発情期の姿を誰にも見られたくないのは変わらない。家族もそれを理解して、彼女を一人にしてくれる。特にアルファであるハインツの来訪は固く断っていた。

いまアルファの匂いを嗅ぐと、どうにかなってしまいそうな情けない自信がある。

(もう……仕事には戻れないのね)

実感した瞬間、メルティナの頬から一筋の涙がこぼれた。

情けなくて、枕に顔を伏せ嗚咽《おえつ》を噛《か》み殺す。

「ん……く、っ……」

階下では医師が同じ説明を家族にくり返しているだろう。

娘が働けなくなったと知っても、両親はそれほど落胆しないかもしれない。もともとメルティナが騎士として働くことを反対していた人たちだ。

しかしそれでは、浮き世離れした彼らの生活を誰が支えるのか。

すでに嫁いでいる姉に迷惑をかけるわけにはいかないし、勉強熱心なエイミーの学費もかかる。病弱なアマリアだって、いつまた体調を崩すかもしれない。

(わたしがなんとかしなきゃいけないのに……どうして、オメガなんて……)

ハインツは助けてくれるだろう。レンツェ伯爵であり息子のいないリーヴィス子爵の跡継ぎでもある彼は、親族の苦境を見過ごせないはずだ。しかしハインツには、いままでも十分すぎるほどよくしてもらっていた。

弟と反りが合わなかった故レンツェ伯爵は姪《めい》——つまりアマリアの治療費を出し渋ったが、ハインツは父親と対立しても可能な限りの援助を続けてくれたのだ。

そんな彼に、これ以上なにを頼めるだろう。

(すぐに新しい仕事を見つけて……でも、オメガを雇ってくれるところなんてあるのかしら。薬が効かない、いつ発情するかもわからないのに……こんな不自由な身体……)

医師の前で張っていた気が抜けて、全身がじわじわとうずきだす。

処方された抑制剤を飲んでいてでさえこれだ。後天的にオメガに変質したため薬が効きにくいのか、熱りやうずきはそのままに薬の副作用であるめまいや吐き気が襲ってくる。こんな状態でまともな仕事に就けるとは思えない。

正騎士を続けるなんて、夢のまた夢だ。

「っ、どうして……どうして、こんな……っ」

声に出すとさらに絶望があふれて、涙が止まらなくなった。仕事を失うこと、家族が路頭に迷うことだけを恐れているのではない。正騎士団長であるヴァルターの傍にいられなくなること、彼の役に立てなくなることがメルティナの絶望の正体だ。

想いが叶《かな》わなくても、傍にいるだけで幸せだった。高望みはしない。希望は持たない。それでもメルティナが努力し、補佐官として使える人間でありさえすれば、彼の傍にいられると夢見ていた。

自分のなにがいけなかったのだろう。どうしてオメガになってしまったのだろう。

考えても考えても答えは導き出せない。身体の熱りはますますひどくなり、メルティナの精神を蝕《むしば》んでいく。

「団長……だんちょ、う……」

いつの間にかヴァルターの姿を想像して、うつ伏せになったまま腰を揺らしていた。そのような自分の痴態《ちたい》にもメルティナは絶望する。

だけど止まらない。オメガの本能が、強いアルファである彼に慰めてほしいと騒いでいる。彼に会いたい。ヴァルターの腕に抱かれたい。

『俺の、メル』

「ごめんなさい……団長、わたし……」

みだらな妄想で高潔な彼を汚したくないのに、メルティナの頭の中はヴァルターのことで埋めつくされた。甘くとろけた琥珀色《こはくいろ》の瞳、男らしく低い声。誰よりも気高く雄々しい最高のアルファ。

いけないことだと思いつつ、オメガとして彼に愛される姿を想像してしまう。

ベータでなくなったメルティナは、ヴァルターの傍にいる資格さえ失ってしまったというのに。

それから数日間、抑制剤の甲斐《かい》なく、初めての発情期が終わるまでメルティナの地獄は終わらなかった。

◇ ◇ ◇

一週間仕事を休んだメルティナの執務机は、想像以上に整頓されていた。

もっと書類が山積みになっているかと思ったのに、ほとんどヴァルターが処理してくれていたのだ。残された書類に目を通しつつ事務官からの報告を受け、ほろ苦い気持ちになった。

どうやら役に立っていると思い込んでいたのは、自分一人だったらしい。ヴァルターは彼女がいなくても、滞りなく仕事を終えていた。この分では辞表もすぐに受理されるだろう。

ほっとするべきなのに、胸の奥が不快なざわめきで埋めつくされる。

(この期に及んで、まだ引き留めてほしいって思うなんて……)

自分の諦めの悪さが腹立たしい。

「リーヴィス補佐官？」

目の前にいる事務官は、書類仕事に長《た》けた年配の女性だ。普段はプライベートな会話を交わさないが、メルティナの様子が気になったようだ。

「ごめんなさい。まだ本調子じゃなくて」

「そのようですね。お顔の色がよくありません。団長へのご挨拶が済んだら、本日も早退された方がよいのでは？」

皮肉ではなく心の底から心配しているらしく、疲労回復によいとされるハーブティーまで淹《い》れてくれた。ありがたくいただきながら、メルティナは実はね、と口を開いた。

「仕事を辞めようと思うの。このあと団長に辞表を提出するから、わたしの後任が選ばれると思うわ。その人ができるだけスムーズに仕事に馴染めるよう、助けてあげてね」

「は？　はぁっ!?　辞める？　補佐官がですか？」

「ええ。ちょっと身体を悪くしてしまって、仕事を続けられそうにないの。あなたにはとてもお世話になったから、先にお礼を言っておきたくて。団長にご挨拶したら、もう戻って来ないかもしれないから……あっ、仕事の引き継ぎなら手紙でもできるように調整するわね」

絶句している彼女に、急なことでごめんなさいともう一度謝る。

本当なら今日も、正騎士団本部に来てはいけなかったのかもしれない。けれどメルティナは自分の手で辞表を提出し、自分の口でヴァルターに事情を説明したかった。

本心を言うと、最後にもう一目彼に会いたかったのだ。

発情期は終わっていたが念のため、医師に依頼して取り寄せた高価な抑制剤を服用している。従兄のハインツにお願いして、オメガの匂いがしないかも確認済みだ。

外見的には変化のないメルティナを、オメガになったと見抜く者はいないだろう。

従兄は悲愴《ひそう》な顔でメルティナを心配してくれたが、従妹が騎士を辞める手続きのため職場に向かうことを阻止するまでには至らなかった。

だってこれが、本当に最後だから。

「だ、団長が許可されたんですか！　リーヴィス補佐官が辞めるだなんて」

「いまから伝えに行くのよ。でも、事情が事情だから、すぐに受理してくださるわ。職務を全うできない者が職場にいてもしょうがないし」

「そんな……いえ、お身体が悪いなら、一度休職して治療に専念されては？　進退は団長にもよくご相談なさってからお決めになった方がいいと思います」

相手がなにを心配して、狼狽《うろた》えているのかわからない。

今後のことなら人当たりがよく有能な彼女のこと、新しい上司ともすぐに馴染み、問題なく仕事を進めるだろう。

「ごめんなさい。もう決めているの……心残りといえばオメガ誘拐事件だけど、この一週間でも進展はなかったようね。見届けられなくて残念だわ」

自分がオメガになったせいか、余計に事件の行く末が気にかかる。

もし誘拐されて抑制剤もない状況で放置されたら、どれほど苦しいか。彼らを絶対に救い出してあげてほしい。

「オメガたちも大事ですけど、正騎士団にとってリーヴィス補佐官はもっと大切です。団長と隊長たちの緩衝役は補佐官にしか務まりません！」

「そんなことはないわ。それに、そう言われても……」

オメガになったことを告白したら、彼女も納得するだろう。

けれどそのことを告げたら、すぐに帰れと言われてしまうかもしれない。せめてヴァルターと言葉を交わしてから――それはメルティナのあさましい未練だった。

「失礼します。リーヴィス補佐官、団長がお呼びです」

「ええ、行くわ」

突然一週間もの休暇を取って、迷惑をかけてしまった。まずは謝罪が必要だろう。

そして辞表を提出して、これまでの感謝を伝えて――頭の中で何度もくり返した、一連の流れを実行するだけだ。

まだなにか言いたそうな事務官を残して、メルティナは正騎士団長の執務室へと向かった。


見慣れた執務室が懐かしく感じる。

たった一週間離れていただけなのに、遥《はる》か過去へ戻ったようだ。

(だけどこの部屋とも、これでお別れなのね)

感傷に浸っている暇はない。メルティナは俯《うつむ》きながら、けれどしっかりとした足取りで奥へと進んだ。

自分の努力が及ばないのではなく、性の転換という理不尽な理由で職を失う。

くやしさと空《むな》しさで目の前が暗くなるけど、希望がない分、覚悟はできている――はずだった。

「顔色が悪いな」

その声を聞いた瞬間、全身にすさまじい電流が走った。

胸が高鳴り、頬がかっと熱くなる。

(大丈夫……抑制剤を飲んでいるもの)

顔を上げた視線の先にはヴァルターがいる。

大きな執務机を背に立っている正騎士団長。男らしく整った凛々《りり》しい顔立ちと、均整の取れた体躯《たいく》の素晴らしきアルファ。

これまで何年も、メルティナは彼の傍らにいた。人間としても男性としても優れた彼を、補佐官として目にしてきたはずだ。

それなのにまるで初めてアルファを見るオメガのように、ヴァルターから目が離せない。オメガに変化したばかりのメルティナにとって、彼はあまりにも魅力的すぎた。

「病気だと聞いていたが……大丈夫なのか？　今日はもう休んでいい。仕事のことなら心配するな。君が困らないようにしておくから」

メルティナの動揺に気づいた様子はなく、気づかわしげな声が部下を労《いたわ》る。

おかげで、ほんの少しだけ平静を取り戻した。

自分がいなくても仕事は滞りなく進む。このまま辞職を申し出たところで、強く慰留されることはないだろう。必要とされる部下になれなかったことは残念だけど、困らせるよりはずっとよかった。

「急な休暇でご迷惑をおかけしてしまい、本当に申し訳ございません。体調なら大丈夫です。ですが、あの……お伝えしたいことがあって」

「伝えたいこと？」

――オメガに変わってしまいました。ずっとあなたのお傍にいたかったのに。

未練がましい言葉が込み上げてきて、手のひらを強く握りしめた。

「休暇申請なら好きなだけしてくれ。君の身体の方が大切だ」

口ごもるメルティナを救うようにヴァルターが告げる。

「違います。そうではなくて……急な話で恐縮ですが、本日限りで騎士の職を辞することをお許しください。辞表も書いてきました」

――やっと言えた。

くやしく悲しいけれど、奇妙な達成感がある。ほっと息をついたメルティナは、上着の内側から辞表を取り出しかけ――その瞬間、強烈な威圧感に身動きが取れなくなった。

（な、に……）

強い眼光を湛《たた》えた琥珀色の瞳が、彼女を睨《にら》みつけていた。憎しみさえ感じられる苛烈なまなざしに、背筋が凍りつく。

「どういうことだ？」

唸《うな》るような声色は、明らかにメルティナを責めていた。

無責任だと呆れているのだろうか。彼女がいなくても仕事は滞りなく進むけれど、猶予なしに辞職する身勝手さが許されるわけではない。

「教えてくれ、メルティナ・リーヴィス。なぜ俺は君を失わなければならない」

予想外の問いかけに息を呑《の》んだ。

「この前の、俺の行動が原因か？　嫌がる君を、無理やり付き合わせた……」

メルティナは慌てて首を横に振った。

高潔なヴァルターは、無責任な申し出の理由を見つけたつもりでいる。けれどそれは、まったくの見当違いだ。

「違います。舞踏会のことは関係ありません」

いまとなってみれば、あれは最高の思い出だった。

正装したヴァルターと手を繋《つな》いで歩いたのだ。

彼のまなざしにときめきを感じ、胸を高鳴らせて幸福に酔った夜。休憩室でのちょっとした接触は、ヴァルターにしてみれば気に入らない出来事かもしれないけれど、メルティナにとってはかけがえのない大切な記憶となった。

たとえオメガの発情にあてられたアルファの衝動とはいえ、あれほど情熱的なまなざしで見つめてくれたのだ。そう、まるで――愛されているみたいに。

「……なんだ、この匂いは」

その瞬間、幸せな記憶に溺れていたメルティナは、冷水を浴びせられたように我に返った。頬ばかりか全身が熱い。そして彼女は、この不快な熱の正体をよく知っていた。

(たしかに薬を飲んだのに……っ)

絶対に発情したくないときに服用する薬だと聞いていた。高価な分、その効き目に間違いはないとも。アルファである従兄に頼んで、オメガ特有の発情香《はつじょうか》がしないか確認までしてもらった。

それなのにどうして。

「っ……」

反射的に身を引こうとしたメルティナの腕を、ヴァルターの大きな手が掴《つか》まえた。

強い力で抱き寄せられ、頭の奥がじぃんと痺れる。

——すき。彼のことが、大好き。

「どういうことだ、メル。なぜ君がこんな匂いをさせている」

咎《とが》められ、申し訳なさに心が萎縮する。

だけどメルティナだって答えを知りたかった。

どうして自分の身に、このような不幸が降りかかったのか。オメガになんてなりたくなかった。戻れるものならベータとして彼の傍らにいた、あの懐かしい日々に戻りたい。

それでも言葉を発することができなかったのは、ヴァルターの匂いと温《ぬく》もりに雁字搦《がんじがら》めに捕らえられていたからだ。

恋い慕うアルファに抱きしめられて、多幸感に気が遠くなる。

ヴァルターはオメガを嫌っている。こんなふうに発情して近づいたら、いままで培ってきた信頼や尊敬すら失いかねない。

わかっているのに興奮を兆したメルティナの身体は、理性よりも本能に従うことを選んでいた。彼の傍から一秒たりとも離れたくないのだ。

たとえその先に、愛する人から軽蔑される破滅が待っていようとも。

「オメガなんです」

ようやく告げた声は、自分でも驚くほど甘くとろけていた。

「馬鹿な」

「正確には……オメガに目覚めたらしいんです」

身を焦がす熱はいかんともしがたく、それればかりか太ももの奥までじんわりとぬるみを帯びてくる。自分の匂いに酔いそうなほど、甘ったるい発情香が立ち上る。

メルティナはこの先の地獄を知っていた。助けて、許してと泣きながら悶《もだ》え苦しんだ悪夢のような日々は、記憶に新しい。

けれどそのときよりもいまの方が、発情の苦しさは鮮烈だった。

目の前にヴァルターがいる。誰もが認める極上のアルファに抱きしめられ、鍛え抜かれた肉体の力強さを感じて、オメガが狂わずにいられるだろうか。

「目覚め、た」

「後天的に、ベータからアルファやオメガに変わる人間がいるらしくて。医師は、わたしもそうだろうと……でも、こんな身体で……正騎士団に残るわけには……っ」

一息ごとに熱が上がる。うずく身体を押しつけ、愛してほしいと乞いそうになる。

いけないと思いつつ、自分が願えばヴァルターが聞き入れてくれるのではないかという身勝手な想像で、メルティナの頭の中はいっぱいになった。

退団の理由は理解してもらえただろう。メルティナは二度と騎士の身分には戻れない。だからそんな彼女を哀れんで、どうか最後に一度だけ。

「騎士を辞めて、どうする気だ」

冷静な声に、はっと我に返った。

オメガの発情に理性を失いかけたメルティナとは違い、ヴァルターが興奮している様子はない。

高位貴族のアルファは、いまのような不測の事態に備えて日常的に抑制剤を服用している。あるいは彼自身の強靭《きょうじん》な精神力が、あさましいオメガの誘惑を拒んでいるのだろう。

ほっとしたのと同時に、本能のまま彼を求めた自分がみじめではずかしかった。

身体は熱り耐えがたいほどでも、頭の奥が冷えていく。

「……父には、相手を探すと言われています。アルファで、こんなわたし共々うちを援助してもいいとお考えの方がいれば、わたしも父の判断に従うつもりです」

オメガの妻や愛人を望む貴族は多い。

アルファの貴族の中には、多くのオメガとつがうことを勲章のように考える者がいる。オメガにとってつがいは一人きりだが、アルファにとってはそうではないのだ。

それでもリーヴィス子爵は純粋に娘の身を案じて、裕福なアルファとつがわせることが一番だと考えた。そしてメルティナも父の考えを受け入れている。

どうせなら浮き世離れした両親と、大切な妹たちをすべて受け入れてくれる人がいい。その代わり、自分も相手には誠心誠意尽くそうと決めていた。

愛人でも妾《めかけ》でも、子供を何人か産むことも拒むつもりはない。オメガの身体では、それ以外の選肢がないからだ。そう納得するだけの時間は、十分にあった。

(それなのに、わたしは……)

意志薄弱にもヴァルターにすがって、慰めてほしいと口にしかけた。

オメガであること、処女であることが結婚相手を探す上でのメルティナの魅力なのに、その一つを自らふいにしようとしたのだ。

これ以上傍にいるのは危険だと、意を決して身体を離そうとする。

掴まれた腕を振りほどき、適切な距離をあけ——けれどそのうちのなにひとつ叶わなかった。ヴァルターはますます強く彼女を抱きしめると、地を這うような低い声でささやいた。

「……俺を捨てて、俺より劣るアルファに脚を開くつもりか」

聞き間違いかと思うほど乱暴な物言い。

ヴァルターはメルティナの顎を掴むと、驚く彼女を強引に上向かせた。

「団っ……」

飢えた獣のような、禍々《まがまが》しいほどギラつく瞳。

なにが起こっているのかわからず呆然《ぼうぜん》とするメルティナの唇に、温かなものが覆い被さった。

ヴァルターにくちづけされている。厚みのある身体をぐいぐいと押しつけられ、逃さないと言わんばかりに背中を抱き寄せられて。

すでに発情していたオメガの身体は、あっという間に燃え上がった。

すさまじい興奮に理性を失い、侵入してくる熱い舌に悦《よろこ》んで応える。

彼の舌はメルティナのすべてを舐《な》めつくさんとするように、縦横無尽に動き回った。口蓋をたっぷりと舐められて、背中から腰に甘美な刺激が走り抜ける。

「っ……ぁ……」

立っていられず崩れ落ちそうになった身体を、逞《たくま》しい腕が支えた。

「退団を許そう、メルティナ・リーヴィス」

抑揚のない声で告げられ、興奮と悲しみで頭の中がぐちゃぐちゃになる。

覚悟し、自分から求めたことだ。それなのに辛《つら》く、くやしい。メルティナはもう、彼の部下ではいられない。あれほど大切にしていた繋がりすら、こんなにも容易《たやす》くあっけなく切れる。

「離して、ください……団長」

メルティナは弱々しく、彼の胸を叩《たた》いた。

力が入らない足を叱咤《しった》し、なんとか自分一人で立とうともがく。これ以上辛くならないうちに離れたかった。

「なぜだ」

「なぜって……」

ところがヴァルターは、メルティナを離そうとはしない。琥珀色の瞳は相変わらず熱病に冒されたようにギラギラと輝き、彼女を睨みつけていた。

「オメガである君を騎士団に置くことはできない。こんなアルファの巣窟には」

巣窟とはまた不穏な物言いだ。

少なくともメルティナの知る正騎士団のアルファたちは、近衛騎士団のアルファたちよりもずっと品行方正だった。

けれどその彼らも発情したオメガが目の前に現れれば、大なり小なり影響を受ける。あるいはヴァルターは、それを恐れているのかもしれない。

きっとメルティナが見境なく盛り、正騎士たちに襲いかかると思っているのだ。だから逃がしてくれない。

言い訳できないほど発情している自分の身体が恨めしかった。相手が想い続けてきたヴァルターだからだと説明したところで、到底信じてもらえないだろう。

はずかしくて、くやしくて悲しい。

抵抗を諦めたメルティナの耳に、奇妙にやさしい声が届いた。

「退団は認める……だが、俺の傍から離れることは許さない」

衝撃的な言葉だった。

「ど、して」

弾《はじ》かれたように顔を上げたメルティナは、自分を見下ろすヴァルターの表情にぞっとした。唇を歪《ゆが》めて彼は笑っていた。獰猛《どうもう》な微笑みに、オメガの本能が騒ぎだす。

喰《く》われたい。彼のつがいにしてほしい。

「君がオメガであるならもう容赦はしない。メル、君は俺のものだ。他のアルファになど、くれてやるものか」

――信じられない。

ヴァルターはきっと、メルティナの発情香のせいでおかしくなっているのだ。

オメガの匂いはアルファの理性を狂わせ、本能に忠実な獣へと変えてしまう。けれど、あとになって悔いるのはヴァルターだ。部下の女――すでに元部下の女だが、そのようなメルティナに手を出すことが、彼の意思であるはずがない。

「メル……俺のオメガ」

うっとりとささやかれ、自己嫌悪が膨らんだ。

まるで、彼が嫌悪しているオメガそのものではないか。

発情して取り入り、責任感につけ込む。相手がメルティナであれば、なおさらヴァルターは見捨てないだろう。悔やんで軽蔑しても、最低限の責任は取ってくれる。

その魅力的な考えに、メルティナの心は一瞬ぐらついた。愛されなくていい。どんな形でもいいから、彼との繋がりを失いたくない。

しかしヴァルターの、つがいにするなら想う相手がいいという言葉を思い出し、あさましい欲望を抑え込む。

愛しているからこそ、彼には想う相手と幸せになってほしかった。

「正気に戻ってください……こんなこと、きっと後悔しますっ」

ところがヴァルターはますます笑みを深め、メルティナの耳元に鼻先を埋《うず》めた。

「後悔？　するわけがない。アルファとオメガが惹《ひ》かれ合うのは本能だ」

「だからそれは……っあッ！」

軽々と抱えられ、後ろにある執務机に押しつけられた。うつ伏せで机にしがみついたメルティナの背後から、屈強な身体が覆い被さる。

うなじに熱い吐息を感じて、頭の中が真っ白になった。

「だめっ、まって」

アルファにうなじを噛まれつがいになりたい。

それはオメガにとって、もっとも根源的な本能だ。もちろんメルティナも例外ではない。

つがいになって、彼に発情を鎮めてもらえたらどれほど幸せだろう。

けれど、だめなのだ。

「まって、だめ……いやぁっ」

うなじにかかる吐息が不自然に熱い。

唇が焦《じ》らすように首筋に触れて、メルティナは半狂乱になった。

噛んでほしい。噛んで、めちゃくちゃにしてほしい。恋するアルファに望まれて、拒む必要がどこにあるのか。ああ、だけど。ヴァルターに嫌われたくない。

「メル……すごい匂いだ。君の香りでおかしくなりそうだ」

陶然とささやく声に、胸が締めつけられる。

(どうして……)

ただ最後に、一目会って挨拶したかっただけ。それがどうして、こんなことになってしまったのだろう。

「や、噛まないで。離して……やぁんっ」

浮かした身体の下に手を差し入れられ、制服の上からゆっくりと胸を揉まれた。もどかしい刺激に腰が震え、甘ったるい声がこぼれる。

「往生際が悪いな。これほど魅力的な匂いで、俺を誘っておいて」

「ちがっ……ああっ！」

羽交い締めにされた背中から、太ももの間に手を差し入れられた。

制服を隔てて送り込まれる容赦のない刺激に、メルティナは獣のような悲鳴を上げる。

すでに熱くぬめったそこを、太い指がこじ開ける。布越しとはいえ敏感な場所をヴァルターに弄《いじ》くられて、羞恥と歓喜で気が狂いそうだ。

「あ、ぁあ……っ」

もっと強く、もっと奥まで。

いつの間にかメルティナも脚を開き、彼の腕を挟み込むように腰を振っていた。

「君が望むまで噛まない……だが、ずっとこのままでは苦しいだろう？　君さえ望めば、身も心もたっぷりと満たしてやる」

「ちがうの、わたし、は……あぁ、あっ、団長、だめ……っ」

「違わないっ。俺以外の誰を選ぶと言うんだ。こんなに濡《ぬ》らして俺を求めている。君の身体は君自身よりも、よほど正直だ」

みだらな身体だと突きつけられた気がして、はずかしさのあまり目頭が熱くなった。身体は明らかにアルファに愛されたがっている。

はしたなく喘ぎ、ほんのわずかでも刺激を逃すまいと腰を振る。

「はぁ……団長、指、やぁ……」

「あぁ、もどかしかったな。もっとちゃんと触ってやろう」

だめ、と叫ぶ余裕はなかった。

下肢の衣服が解かれ、濡れた下着の内側に武骨な指が触れる。直接的な刺激はこれまでの比ではなく強烈な快感を生み出し、さらに淫猥《いんわい》な水音を奏で始めた。

「んっ、あぁ……あ……っ」

狭間《はざま》を撫でる指先が、もっと前にある敏感な尖りをやさしくくすぐる。

メルティナは我を忘れ、喘ぎ、身悶えた。ここがヴァルターの執務室で、鍵もかけずに不埒《ふらち》なことをしている意識はすでにない。ただ彼の指によって生み出される極上の快楽に溺れ、うっとりと惚《ほう》けた声を上げている。

気持ちいい。うなじも、胸も、全身をくまなく愛撫《あいぶ》され、身体中がとろけていく。

「噛んでほしいと言え、メル。俺が欲しいと……」

背後から密着するように腰を押しつけられ、昂った雄の感触にめまいがした。

オメガであるメルティナの発情によって、アルファであるヴァルターも激しく興奮している。それが嬉しい。彼が欲しい。噛んでほしい。めちゃくちゃに抱いてほしい。

「だめ……」

「くそっ」

うなじにヴァルターの歯が当たる。噛まれたわけではない。けれどたったそれだけの刺激で、焦らされ続けてきたメルティナの身体はすさまじい快楽に呑み込まれた。

「あああぁあぁ——……っ」

がくがくと腰が揺れ、机の上に額を擦《こす》りつける。

ヴァルターの重み、男らしい彼の匂い。なにもかもが好ましくて愛おしい。永遠にこのまま、二人きりでいられたらいいのに。

高みから舞い降りてくるのと同時に、ふっと意識が遠くなる。力の抜けたメルティナのうなじに、ヴァルターの唇がきつく押しあてられた。

4

ふわふわと幸せな夢を見ていた。

その間、メルティナはメルティナであって、メルティナではなかった。

普段の彼女なら馬車で運ばれる最中、相手の膝に跨《また》がりくちづけをねだったりはしない。どうしようもなく発情した身体《からだ》を相手にすり寄せ、もっと触ってと泣き叫んだりはしない。

あまりにも強烈な発情に、おかしくなっていたのだ。

そのような狂態を見せたのに、嫌われることすら考えられない。ただただ目の前にいる極上のアルファに愛してほしくて、オメガの本能のまま媚《こ》び続けた。

――そんな夢を見ていた。


ふわりと意識が浮上する。

ごく自然に、相手の首に腕を絡め、与えられた唾液を飲み込んだ。

お腹《なか》の奥がかっと熱くなる。アルファの体液に催淫効果はないはずなのに、太ももからとぷりと蜜があふれた。

もどかしく、焦《じ》れったい。ああ、早く——もっとたくさん、愛してほしい。

「だんちょ、う……？」

薄靄《うすもや》の漂う頭の中が、ゆっくりと晴れていく。

ぼんやりと瞬きしたメルティナは、すぐ傍《そば》にある整った顔に頬を赤らめた。絡めていた腕を外しても、異様に距離が近い。

「……メル、わかるのか？」

わかるってなにがと問いかけようとして、メルティナは黙り込んだ。

見慣れない部屋と広い寝台。ヴァルターは上着を脱いだだけだが、メルティナの方は——着衣の乱れがいちじるしく、腕に引っかかっただけのブラウスは力任せに引き千切られている。

下衣の方はさらに無残で、下着一枚身につけていなかった。

『団長、熱いの……これ、いやなの。脱がせて……』

「なっ、なっ……なっ⁉」

あまりにもリアルな自分の声を思い出して、顔色が赤から青へと変わる。

メルティナ自身の声に間違いはない。それどころか、甘えて媚びた記憶さえある。発情したせいでおかしくなっていたとしか考えられない。

「んっ……」

けれどなにがあったのか本格的に思い出す前に、太ももの奥に甘いうずきを感じて息を詰めた。

身体の焦燥は治まったわけではない。むしろさらに増している気がする。汗ばむ肌から立ち上る甘ったるい匂いは、もはや嗅ぎ慣れたオメガの発情香《はつじょうか》だ。

「ぁ……」

とろんと瞳を潤ませて見上げたメルティナの頬を、ヴァルターの手がやさしく撫《な》でた。

「大丈夫だ、メル。君は俺を求めてくれさえすればいい」

（もとめ、る……）

なんと難しいことを要求するのだろう。

いまのメルティナに、なにかを求めることなど許されるのだろうか。彼女は自分ですべてを壊してしまった。信頼されていたのに、好意を利用して裏切った。

ヴァルターが正気に戻ったら、きっとあさましいオメガだと軽蔑される。求めたって意味がない。

どうして最後でしくじってしまったのだろう。

頭の中が混乱し、感情が一気に昂《たかぶ》った。

「ごめんなさい……わたし、おかしくなって。こんな身体、いらないのに……っ」

はしたなく発情して、アルファを誘う淫乱オメガ。

生来真面目なメルティナだからこそ、自身の変化を受け止めきれない。

「メル」

ぽろぽろと涙をこぼすメルティナを見て、ヴァルターはぎょっとしたように声を上げた。

「団長にもっ、ご迷惑をかけて……嫌われるの。こんなの、わたしじゃないのに……」

理不尽な性別変化に、耐えていた不安と不満があふれ出す。

違う、違うと声を上げて泣き叫びたい。熱《ほて》った身体も、アルファを求めて蜜をあふれさせるみだらな秘花も、すべてが疎ましくてたまらない。

「……嫌わない、大丈夫だ。どんな身体でも君はメルだ」

目元にそっと唇が触れる。つがいを慰めるように、幾度も幾度も。

その温かな感触に、混乱した気持ちがわずかに落ち着いた。

「君は変わらない。ベータでも、オメガでも、俺の大切なメルティナだ」

「あ……」

こんな醜態を見せたメルティナを、大切な人だと言ってくれた。

これほど幸せなことがあるだろうか。これはあの、みだらな夢の続きかもしれない。

涙に濡《ぬ》れた目尻を、ヴァルターの指がやさしく拭った。

「教えてくれ。俺のことが嫌いか？　どうしても我慢できないほど、俺に触れられるのが耐えられないか？」

思わず首を横に振る。真摯な問いかけに抗《あらが》おうとは思わない。

それにどれほどみじめでも、彼に嘘《うそ》はつけなかった。

「嫌いだなんて。団長のことが好きだから苦しいです。ずっとお傍にいたかったのに、こんな身体になってしまって」

情けないし、くやしい。嗚咽《おえつ》をこぼすメルティナの身体を、ヴァルターがぎゅっと抱きしめた。アルファの温《ぬく》もりに恍惚《こうこつ》となりながら、さらに言葉があふれる。

「ごめんなさい、わざとじゃないんです。薬も飲んできました。最後に、ご挨拶したくて……もう一度、団長に会いたかったの」

自分でも無様すぎる言い訳だと思う。しかもその結果がこれでは目も当てられない。

発情して、彼を巻き込んで、そして泣きながら言い訳している。

薬を飲んでも発情したら意味がないのだ。その上、おぼろげながら記憶に残る振る舞いが真実だとしたら、謝罪などでは済まされない。

「メル、聞いてくれ。俺も君が好きだ」

メルティナは若草色の瞳を大きく見開き、ゆっくりと首を横に振った。

「それ、は……わたしの発情のせいで」

「違うっ……ベータの頃から、君は俺にとって特別な存在だった。性別は関係ない。発情もただのきっかけだ。だが……君がオメガなら、俺もアルファとして愛することができる」

メルティナの身体は狂おしくうずいた。

夢のようなヴァルターの告白を信じてしまいそうになる。しゅわしゅわと弾《はじ》け、溶けてしまう甘い夢。だけど、信じたい。オメガとしてアルファである彼に愛されたい。

「お願いだ。俺を君のつがいにしてくれ。君にとって唯一のアルファとなりたい」

オメガの発情に狂ったアルファは、獣のように相手を求める。心の交流などなく、ただただ相手を孕《はら》ませたいという欲望に溺れてしまう。

けれどそれはオメガも同じだ。発情した身体をアルファに求められることで、オメガは安息を得るのだ。

だけどヴァルターは——けっして身勝手な欲望をメルティナに向けなかった。襲ってうなじを噛《か》んでしまえば逆らえなくなるのに、彼女が決めるのを待っていてくれる。

「愛している。どうか……君を失うのは耐えられない」

メルティナはそっと、逞《たくま》しい彼の背中に手を回した。

愛されたい。愛してほしい。心も身体もすべて。大それた望みだけど、ヴァルターを信じたかった。

「……団長のつがいにしてください。離さないで」

「離すものか。ああ、メル！　ようやく君を俺のものにできる」

歓喜に満ちたヴァルターの声に、胸がぎゅっと締めつけられる。これほど素敵なアルファが、メルティナをつがいにできると喜んでいる。やはり現実とは思えない。

けれど夢なら夢で、けっして覚めないでほしかった。

「団長……あっ」

下腹部の昂りを押しつけられ、思わず喘《あえ》ぐ。

ヴァルターはそんなメルティナを心底愛《いと》おしげに抱きしめると、これまで以上の熱心さでくちづけを求めた。

オメガにとってアルファとつがうことは一種の賭けだ。

月に一度から数ヵ月に一度、発情期の周期は個人によって違う。その間、うなじを噛んでつがいになったアルファだけが、発情するオメガを癒《い》やすことができる。

つがいを持たないオメガは薬で散らすか、あるいは性交によりある程度の満足感を得て本能をなだめる。もっとも悲惨なのは、つがいに捨てられたオメガだ。本能に刻まれた相手に満たしてもらうことができず、抑制剤の力を借りても苦しみ抜くことになる。

だからつがう相手は慎重に選ぶべきなのだが、本能に支配されたアルファはオメガのうなじを噛むことを望み、発情に苦しむオメガもまた、アルファに噛まれたいと願ってしまう。

オメガが偶発的に発情してアルファに襲われ、うなじを噛まれた——そのような痛ましい事例はたびたび起こっていた。

しかしその点、メルティナは幸せだった。

彼女が恋い慕うアルファは、責任感のなさとは無縁の人だ。その上彼はメルティナのつがいになることを望み、離さないと誓ってくれた。

「ぁ……」

服を脱ぎ捨てたヴァルターの鍛え上げられた裸身が視界に入り、あまりの美しさにメルティナは魅入られた。

彼が素敵だなんて十分知っているつもりだった。それなのにアルファの雄々しさ、生物としての美しさに圧倒される。

うっとりと見つめるオメガのまなざしをどう思ったのか、覆い被さったヴァルターが琥珀色《こはくいろ》の瞳を細めてささやいた。

「馬車の中で、もう少しで君に襲われるところだった」

ここは彼の屋敷で、興奮のあまり意識を失ったメルティナを手放しがたく、ひそかに運んできたのだと教えられた。

離れたくないと甘えてすがった記憶が、うっすらとよみがえってくる。

ヴァルターの膝に跨がり、一生懸命、唇を押しつけた。筋肉質な彼の身体に手を這《は》わせ、自分のことも触ってほしいとおねだりしたのだ。

「あれ、は……おかしくなっていて……」

正気なら絶対にしないことだ。いまも発情して苦しいほどだが、それでも理性も羞恥心もちゃんとある。女性にしては貧相な身体を見られることがはずかしいし、これほど美しいヴァルターに自分は不釣り合いだと思う気持ちも強い。

(オメガなのに、みにくいなんて……)

近衛《このえ》騎士団で散々馬鹿《ばか》にされたので、容姿に対する劣等感は根深い。

しかしヴァルターはつがいにする女の外見をあまり気にしていないようだ。気にしていないどころかあからさまな称賛のまなざしが、熱った肌を心地よく撫でた。

「ああ。だから君の可愛《かわい》い誘惑に乗ってはだめだとこらえた」

身体が熱って苦しい、楽にしてほしいと泣いて訴えるメルティナの身体に触れはしたが、純潔を奪いうなじを噛むことはしなかったと彼は告げる。

「褒めてくれ。俺はアルファだが、君の心がなによりも欲しい。君が本能のせいで我を失っていることはわかっていた。そんな状態でつがいになっても、心は永遠に手に入らなかっただろう」

身体だけでなく心まで気づかってくれる。

大切にされているという実感が、ためらう気持ちを溶かしていく。それにもう、燻《くすぶ》り続ける発情の苦しみに耐えられそうになかった。

また正気を手放す前に、一刻も早く彼と契りたい。

「団長……ぁ……」

羽毛のようにやさしいくちづけが唇を塞ぐ。しかしそれはすぐ、情熱的な激しさでメルティナを求め始めた。

「んぅっ……ふ、ぁ……」

濡れた舌が口内をくまなく舐《な》めまわし、狼狽《うろた》えて縮こまる小さな舌を絡め取る。

今日までくちづけの経験などまったくなかったメルティナだが、求められる喜びに呼吸を乱しながら、たどたどしく応えた。

「っ、はぁ……」

頭の奥がじんわりと痺《しび》れていく。触れ合う舌先が、とろけてしまいそうなほど気持ちいい。

「君の唇は甘すぎるな」

くちづけの合間にささやいたヴァルターは、力の抜けきったメルティナの身体に手を伸ばした。脇腹から腰にかけてをやさしく撫でられ、びくんと肩が震える。

「っ、甘いの……だめ、ですか……」

舌っ足らずに問いかけると、愛おしげに微笑みかけられた。

「いいや。だが、これほどまでに甘いと知っていたら、耐えられなかっただろう。これまでも君を抱き寄せたいのを必死に我慢していた」

――ヴァルターが、我慢を？

到底信じられない話だが、彼は衒《てら》いを隠すように再び唇を重ねてくる。

激しいくちづけに夢中になっていると、肌の質感をたしかめるように触れていた手のひらが、そっと乳房を包んだ。メルティナの小さな胸など覆ってしまえるような大きな手だ。

「ぁん……は、ぁ……んっ」

そのままやさしく捏《こ》ねられて、メルティナは上半身をくねらせた。

くちづけだけでも気持ちいいのに、胸への愛撫《あいぶ》で太ももの間がしとどに濡れる。恥じらいより先に、オメガの身体はアルファからの愛撫で悦《よろこ》びを感じた。

気持ちいい。愛されて嬉《うれ》しい。もっともっと、愛して。

「……また匂いが強くなったな。気持ちいいか？」

メルティナはとろけた瞳でヴァルターを見上げた。

「気持ちいいです……団長が触るところ、ぜんぶすき……」

言いながらも、それがどれだけ慎みのない言葉かはわかるので、身の置き場がなくてぎゅっと目を閉じる。

つい先日まで、このような関係になるとは想像すらしていなかった。

メルティナにとって、ヴァルターは想うだけで十分すぎる人だったのだ。その彼にくちづけされ、胸を揉《も》まれて身悶《みもだ》えている自分がたまらなくはずかしい。

「大丈夫だ……君の好きなところ、気持ちいいところをすべて教えてくれ。恥じらう君も可愛らしいが、俺は君のアルファとして、つがいの心も身体も満足させたい」

そう言って彼は、メルティナの胸元やら首筋やらに熱いくちづけを降らせた。

でも、本当にどこを触られても気持ちがいいのだ。耳たぶをねっとり舐められても、ひっそりと硬くなった乳首を指先でくりくりと転がされても、抑えきれない歓喜の声がこぼれる。

「あっ、あんッ……」

次第に降りていくヴァルターの唇が、胸の先まで到達した。濡れた舌先でたっぷりと舐められ、むず痒《がゆ》いような刺激が下腹に響く。

「あぁ……やめ、吸ったら……あぁっ」

ヴァルターに吸われている。あんなに小さな胸を、赤子のように口に含まれ、みだらな音を響かせながら。ひと舐めされるごとに腰がびくつき、下腹のうずきも強くなる。

「舐めないでっ……だめなの、変になるの……っ」

「変になっていい……ああ、メル。すごい匂いだ。どうかここも、愛させてくれ」

「あぁあっ！」

太ももの間に手のひらを差し入れられ、メルティナは喉を反らして喘いだ。

すでにたっぷりと濡れて刺激を待っていたそこは、ヴァルターの指で秘裂を軽く撫でられただけで、まるで歓喜の涙をこぼすように蜜をあふれさせた。

アルファを誘うオメガの匂いが、部屋いっぱいに充満する。

「あんっ……ぁ、あぁ……っ」

太い指先が慎重に奥へと入ってくる。発情しきったオメガの身体は、侵入者を歓迎するようにやわやわと締めつけ、さらに奥へと誘った。

「熱い、な……きついが、痛くはないな？」

浅い場所で指の動きを止めて、ヴァルターが尋ねてくる。

「だいじょうぶ、です。でも、はずかしくて……たくさん、濡れて……」

「っ……気にしなくていい。君が俺を求めてくれた証《あか》しだ」

いつの間にかメルティナだけではなく、ヴァルターの声も掠《かす》れていた。彼は乱れる息を抑えるためか、ゆっくりと深い呼吸をくり返す。そして奥を探るように指を動かすと、同時に手前にある小さな突起も可愛がり始めた。

「団長、だめ……そこ、あぁ……っ」

顔も身体も、頭の中も全部が熱い。中でもヴァルターの指で嬲《なぶ》られた場所は、どろどろに溶け落ちてしまいそうだった。そこから生まれた快感が全身へと広がり、メルティナをますます惑乱させた。

「君はここと……中も感じるようだな」

奥をじんわりと圧《お》されてびくびくと腰が跳ねた。

「あぁんっ、なに……?」

「なんでもない。君はただ、気持ちよくなってくれるだけでいい」

発情しきった身体はどのような刺激にも快楽を拾うのか、あるいはヴァルターが巧みなのか、メルティナは悶えながら高い声を上げて達した。

頭の中が真っ白に染まり、中に入れられたままの指をきゅっと締めつける。

執務室ではそのまま意識を失ったのに、身体から力が抜けてもまだ物足りないような気がする。おまけにもどかしくて腰を揺らしたメルティナの奥から、ヴァルターは指を抜いてしまった。

「やぁ、やだ……もっと……」

みだらなおねだりを嘲笑されることはなく、それどころかヴァルターはメルティナの膝を掴《つか》むと、自分の身体を挟ませるようにぐいっと広げた。

はずかしい格好に躊躇《ちゅうちょ》したのは一瞬で、濡れてほぐれた蜜口に硬いものが触れた瞬間、逞しいそれで奥を突いてもらうこと以外考えられなくなった。

オメガの本能が狂おしく求める。目の前にいるのはメルティナだけの極上のアルファだ。彼と繋《つな》がりたい。ひとつになりたい。うなじを噛んでつがいにして。早く、早く。

「愛してる、メル……君のアルファは永遠に俺だけだ」

独占欲をにじませた声で告げると、ヴァルターの身体が奥まで深く入ってくる。裂けそうなほど太い先端さえも柔軟に受け入れ、メルティナは歓喜の声を上げた。

「ぁ……いぃ、あっ……ん、あ……っ」

恋い慕うアルファに初めてを捧《ささ》げられたことが嬉しくて、破瓜《はか》のわずかな痛みもすぐにぞくぞくするほどの快感へと変わった。指とは比べものにならない熱塊《ねっかい》は、太くて、逞しくて、身体が串刺しにされるかと思うほど長大だった。

それなのに気持ちいい。根元まで収めきれなかったのか窮屈そうに腰を振られて、それだけでまた快感の階《きざはし》を駆け上る。

「すまない……君の中が、あまりにも好すぎて、我慢できないっ」

なまめかしく掠れた声で謝罪すると、ヴァルターはメルティナの腰を掴んで揺さぶりだした。それは初めての相手を労《いたわ》るより、余裕なく自分の快楽を追うような激しい突き上げだったが、メルティナにとってそれこそが求めていたものだった。

熟れた隘路《あいろ》を蹂躙《じゅうりん》する律動によがり泣き、愛蜜《あいみつ》の飛沫《しぶき》を上げて達した。ヴァルターはさらに獣のような唸《うな》り声を上げて、きつい締めつけの最奥を容赦なく責め立てる。

「っ……すごいのっ、奥、きもちいい……あぁっ、いい……っ」

「くそっ、そんなに締めるなっ……君を、壊してしまう」

「いいのっ、壊して……ああっ、また大っきくなって、あああっ……」

背中を大きく反らして快楽の極みに達したメルティナは、歓喜の涙をこぼした。

初めての発情に翻弄され、くやしさと不安に押し潰されそうだったあのとき、求めていたのはこれだったのだと理解する。

暴力的なまでに激しい交わりであっても、アルファの力にねじ伏せられ、オメガの本能が悦んでいた。激しく求められれば求められるほど、与えられる快楽は深い。

「いいっ……すごいっ、はげしっ……あっ、いい、いいっ」

激しい絶頂の余韻に痙攣《けいれん》する裸身を、ヴァルターは赤子を転がすようにうつ伏せにする。背中に愛しい雄の重みを感じて、メルティナはまた喉を震わせよがり泣いた。

気持ちいい。だけどまだ足りない。メルティナとは違い、ヴァルターは一度も達していない。お腹の中が寂しい。早く満たして。噛んで、つがいにして。

「あぁあぁぁぁ――……っ」

ずぶずぶと埋め込まれる逞しい屹立《きつりつ》が、先ほどよりも深い場所をずんと突いた。愉悦の波が押し寄せ、四肢が甘く痺れる。

「メル……君をつがいにする。俺だけの、ものに……」

「して、噛んで……あぁぁ……――っ」

首筋に熱い吐息が触れた瞬間、メルティナは激しい快感に貫かれ全身を震わせて達してしまった。

ヴァルターはそんな彼女をかき抱くと、ほっそりとしたうなじに噛みつくようにして歯を立てる。

同時にぶるりと胴を震わせ、深く繋がったまままつがいの腹奥に熱い飛沫を浴びせかけた。

「あっ、あぁ……ぁ……」

うなじを噛まれた衝撃と、初めて注がれるおびただしい白濁に、メルティナはまた軽く達する。お腹の奥から幸福感が広がって、とろけた媚肉《びにく》がたっぷりと愛してくれたヴァルターに甘えるように絡みついた。

「ぅ……メル、すまない」

満ち足りた疲労感にぼんやりとしていたメルティナは、なにを謝罪されているのかわからなかった。しかしすぐにまた、艶やかな声を上げ始める。吐精《とせい》したのに硬さを保ったままのヴァルターが、ゆっ

くりと腰を揺らし始めたのだ。

「君の匂いに、狂いそうだ……」

背後から情欲のにじむ声でささやかれ、興奮が身体を突き抜けた。

一人で耐えていたときには想像もできなかった、つがいに愛される心からの幸せを噛みしめながら、メルティナはめくるめく快楽に溺れていった。

5

広い寝台の中央で、上掛けにくるまって眠っている女性がいた。

肩よりも短い金髪と白い肌の小柄な女性だ。金色の睫毛《まつげ》が長く、閉ざされた瞼《まぶた》の上に影を落としている。

音もなく寝台に近寄ったヴァルターは、柔らかな頬に指を伸ばしかけ、直前で止めた。

疲れてよく眠っているが、さすがに顔を撫《な》でられれば起きるかもしれない。起こしてしまうのは可哀想《かわいそう》だ。つがいの安眠を守ることはアルファの務め——そう意識した瞬間、湧き上がる想いに胸が熱くなった。

(俺の、つがいだ……絶対に離さない)

一体いつ、彼女のことをこれほど想うようになったのだろう。

近衛《このえ》騎士団にいるメルティナ・リーヴィスを正騎士《せいきし》団へと引き抜いたとき、たしかに彼女の才能を惜しんでいた。騎士としての実力もさることながら、後方支援に関する能力の高さから、その力は国防を任された正騎士団でこそ発揮されるべきだと考えたのだ。

実際にそれは間違っていなかったが、メルティナはヴァルターが想像するより遥《はる》かに優秀な人材だった。

真面目で控えめな性格ながら、度胸がある。騎士として鍛錬を欠かさず、同時に勉強熱心で視野が広い。それでいて人当たりがいいので、初めは子爵《ししゃく》令嬢の入団に警戒していた正騎士たちの心を、あっという間に掴《つか》んでしまった。

もちろんそれは、彼女を側近に取り立てたヴァルターとて例外ではない。日々接して言葉を交わすうち、彼女の笑顔をかけがえのないものだと思うようになっていた。

(それなのに、俺の前から消えようとした……)

騎士の職を辞すると告げられたときの、目の前が赤く点滅するような衝撃を思い出す。

騎士を辞める、それはすなわちヴァルターの傍《そば》からいなくなるということだ。

なにもかも任せるほど信頼していたのに、その瞬間、なんの相談もなく辞職を口にした彼女に対して、抑えきれない怒りが逆巻いた。

——卑怯《ひきょう》な手段で上司と部下の一線を越えようとしたのは、自分の方だったのに。

優越的な地位で男女の関係を迫れば、彼に恩義を感じているらしいメルティナは拒まなかったかもしれない。しかし彼女から寄せられる尊敬や好意を失いたくなくて、想いを告げることをためらっていたのだ。

曇りのない彼女の瞳に見つめられると、自分が完璧な男になったような気がした。どうしてもメルティナに失望されたくなかった。幻滅されて、嫌われたくなかった。

だから、あれこれと理由を付けて外堀を埋めていこうとしたのだ。

アルファの自分にオメガのつがいを望む親族たちに紹介し、親密な関係であると見せつけた。同時にあれはメルティナを狙う男たちへの牽制《けんせい》でもあった。無垢《むく》なところのあるメルティナはヴァルターの意図にまったく気づいていないようだが、いくら部下でもあんなふうに伴えば尾びれ背びれをつけて噂《うわさ》される。

逃げる気も起きないほど既成事実を固めてから、妻になってほしいと伝える——メルティナの責任感につけ込む、姑息《こそく》で卑怯なやり方だ。

そのような自分の卑小さを棚に上げ、去っていこうとする彼女に詰め寄った。療養休暇で休んでいたメルティナの身になにが起こったのか考えもせず、自分の気持ちだけを優先させる自己中心的な男だ。

そして、いまも。

「メル」

狂いそうなほど甘い匂いに誘われ、結局、指先が触れていた。

なめらかな白い頬。形のよい耳たぶ。それにどこまでも初々しい色をした愛らしい唇。

この唇からみだらな言葉がこぼれたときのことを思い出すと、理性が吹き飛びそうになる。

メルティナはよほど疲れているのか、ヴァルターが顔に触れても起きなかった。

彼にしても、オメガの発情に付き合ったのは初めてのことだ。あれが発情を鎮めるための正しい交情だったのかはわからないが、つがいの匂いと、想い続けてきた女を抱くという目の眩《くら》むような陶酔感で体力の限界まで睦《むつ》んでしまった。

そう考えると自分よりも体力の劣るメルティナは、やはり相当疲れているだろう。けれど指先がくすぐったかったのか、くふん、と吐息をこぼした彼女は、幸せそうに見える。

(愛してる、メル……君をずっと)

だからオメガになったと聞いて、あの瞬間、箍《たが》が外れた。

そのような事例があると知ってはいたが、かなり珍しいことだと聞いている。なぜメルティナが――しかし疑問よりも、脳髄をとろけさせる甘い匂いがすべてだった。

アルファはオメガの伴侶を望むと言われているが、例外はある。ヴァルターにとってオメガとは、発情して接近し、アルファの本能を揺さぶる疎ましいだけの存在だ。

それでもそのオメガがメルティナであれば話は別だった。

『父には、相手を探すと言われています』

あんな言葉を聞かされたらもうだめだ。

なぜ一番に自分を頼らない。こんなに甘い匂いをさせてアルファの本能をかき乱すのに。メルティナが望めばどんなことも叶《かな》えてみせるのに。自分ほど彼女に相応《ふさわ》しいアルファなどいるはずがないのに、なぜヴァルターの元を去り、彼以外のアルファを探そうとする。

そして彼女を失う恐怖と怒り、理性を焼き切るオメガの匂いに突き動かされ、ついにメルティナを手に入れた。

「んっ……」

見守るヴァルターの目の前で、小さなあくびをしたメルティナがこてんと寝返りを打った。金色の睫毛に彩られた瞳が眠そうに瞬きをくり返す。

「だん、ちょう……?」

やや幼いような声で呼びかけられ、胸が甘くうずいた。舌っ足らずな声は半覚醒で寝ぼけているのか、あるいは発情のせいで、また理性が飛んでいるのか。

あのときも、前後不覚に陥ったメルティナを執務室には置いておけず、馬車で彼の屋敷へとひそかに運んだのだが、その間、意識を取り戻した彼女の見せた媚態《びたい》は、あまりにも刺激が強すぎた。

『熱いの……お腹《なか》の中、辛《つら》いの……触って……さっきみたいに、して?』

喘《あえ》ぎながらヴァルターの手を取り胸に押しつけたメルティナは、発情しきって正気を失っていた。

彼の膝に跨《また》がり腰を揺らしながら、助けて苦しいとくり返し、とろけた瞳でじっと見つめる。

閉ざされた馬車の中は彼女の匂いが充満して、拷問のようだった。吸いたいのに、深く吸えば狂うことがわかっている。それでも吸いたい。しかしアルファの本能に身を任せ、メルティナを我が物にするわけにはいかない。

男の身勝手ではあるが、メルティナ自身の選択で彼のつがいになることを望んでほしかった。

しかしその決意さえ忘れさせる本能を揺さぶる匂い。そしてなによりメルティナ自身のみだらな懇願。

『キスして、団長……いっぱい……んっ、やぁ、もっと、いじわるしないでぇ……』

あのメルティナのどこにこんな顔が隠されていたのかと思うほど、甘く媚《こ》びた声。

けれどまったく不快にならないのだ。それどころか普段から頼ってくることが少なかった彼女が、全身で甘えてくる様子は感動的ですらあった。

『団長……触って。そう、そこ……あぁんっ、いいっ、気持ちいいの……』

望まれるまま唇を重ね、小さな舌をたっぷりと悦《よろこ》ばせて、滴るほどに濡《ぬ》れた股ぐらを指で刺激する。

メルティナは子猫のような声を上げて身体《からだ》を痙攣《けいれん》させた。

アルファを誘う匂いはますます濃くなり、我慢できなくなったヴァルターは、目の前にある彼女の胸に顔を埋《うず》め深く息を吸い込んだ。脳が溶けるかと思うほどの恍惚《こうこつ》を味わい、それでも最後まで耐えきったのだから、自分で自分を褒めてやりたい。

一方で、それほどまでに激しい発情に追い込まれるメルティナの消耗もかなりのものだ。正気でいられず理性が吹き飛び、だからこそあのような状態に陥るのだろう。

目覚めたばかりのぼんやりとしている彼女も、そうなのかもしれないと思った。メルティナからは相変わらず強い匂いがしており、発情状態が落ち着いたようには思えない。

「メル?」

乱れた髪を撫でてやると、戸惑ったような、はずかしそうな視線がうろうろと彷徨《さまよ》い、そっと伏せられる。メルティナは自分が裸でいることにも気づいたようで、耳が真っ赤になっていた。

どうやら状況は理解できているらしい。

「あの……わたし、いろいろとんでもないことを……っ」

「とんでもないこと、とは？」

「団長に、不躾《ぶしつけ》な要求を……その上、つがいにまで、していただいて。なんとお詫《わ》び……していいのか……」

上掛けで胸を隠しつつ、もぞもぞと起き上がる。

メルティナは身体が辛いのか、一言一言区切るように言葉を選び、肩で息をしていた。頬に赤みが差しているのは羞恥心のせいだけではないのだろう。

辛そうな様子に、甘やかして慰めてやりたいという欲が膨れあがった。

「詫びるぐらいなら、そうだな……名前で呼んでくれないか」

「なま、え？」

「俺は君のつがいなのに、団長では堅苦しいだろう」

メルティナは若草色の瞳をまん丸に見開いて、ヴァルターを見つめ返した。

「その、つがいを解消されても、仕方がないと思っていたので」

「つがいを解消？」

つがいの契りは永遠のものだ。心変わりしようと相手が死のうとオメガの本能に刻まれる。

他のアルファに噛《か》まれたとしても、つがいのいるオメガにとっては意味を成さない。それほど揺るぎなく本能に刻まれたつがいの解消など、生物学的にあり得ないのだが。

「……つまり君は、この期に及んで俺が君を捨てるかもしれないと考えたのか」

冷ややかな声を聞いて、メルティナがはっと顔を上げた。

「申し訳ありません。団長がそのように、無責任な方ではないとわかっているのに……でも、わたしのせいですから。あんな場所で発情してしまうなんて」

「違う、君に苛立《いらだ》ったわけじゃない。つがいなのに君を安心させることのできない俺自身に腹が立っただけだ」

片膝を寝台に上げ、そのままメルティナの隣へと移動する。強《こわ》ばらせている身体を引き寄せ、背中から包むように抱きしめた。自分が噛んだうなじへ鼻先を擦《こす》りつけると、メルティナが震えるのがわかる。

立ち上る甘い匂いが強くなる。

「団、長……」

「ヴァルターだ。俺にこうされるのはいやか?」

上掛けの中に手を差し入れ、柔らかな胸に覆い被せる。メルティナの反応は敏感で、すぐに手のひらを押し返す小さな感触が伝わってきた。

ヴァルターの視界には、歯形の残るうなじが揺れている。痛ましいがこのオメガは自分のものだという独占欲が刺激され、興奮に下腹部が張りつめた。

「いやじゃないです、でも……んっ、ぁ……団長……っ」

「ヴァルターだ。呼んでくれ。君のつがいの名前を」

片手の位置を下げ、下腹のさらに奥、濡れた花びらをゆっくりと撫でる。メルティナの膝が震え、仰《の》け反《ぞ》った彼女はいやいやと首を横に振った。

「あんっ……んっ、だめ……そこ、はっ……」

「ヴァルターだ」

「でも、あっ……ヴァルター、ヴァルターっ、あぁ、あ……――っ」

とろけた響きの声を上げて、メルティナの身体に力が入る。指先に感じる熱い滴りが、手を動かすたびに淫靡《いんび》な音を奏でた。

やがてメルティナは脱力して、ヴァルターにもたれかかる。

無防備に身を任せてくる彼女が愛《いと》おしく、背後から抱きしめたまま首筋に唇を押しつけていると、うっとりとした声が聞こえてきた。

「身体熱いの、終わらないのに……幸せなの。団長と触れ合っていると、すごく安心して……ああっ、また変になるのっ。そこ、こりこりしないで……っ」

不埒《ふらち》な悪戯《いたずら》に悶《もだ》えながら昇りつめていく姿は、愛らしいのに淫靡で、食いつくしてしまいそうだ。

ヴァルターは深い場所まで指を進めながら、濡れてぷっくりと膨れた突起を弄《いじ》くりまわした。

「いっ……だめ、気持ちぃ、からっ……団長っ、そこ触っちゃ、だめ……っ」

「ヴァルターと呼ばないと、ずっと指のままだぞ。いいのか、メル？　俺はもっと深く君と繋《つな》がって、愛し合いたい」

「あっ、愛して……ヴァルターっ、愛してっ」

我ながら性悪なことをする。

快楽に呑《の》まれたメルティナは、本能の欲求にひたすら従順だった。可愛《かわい》く媚びておねだりする姿に理性が削《そ》ぎ落とされる。

仰向けに寝かせ、下衣を寛《くつろ》がせて覆い被さり、指で散々可愛がった秘裂に猛《たけ》ったものを押しつけた。先端から伝わるメルティナのとろけ具合に、呼吸が乱れる。

「ヴァルターっ、挿《い》れて……奥までいっぱい愛して、ヴァルターっ」

「わかってる……あぁ、メルっ、君は本当に愛らしいなっ」

もとより可愛らしい女性なのは知っていた。堅苦しくしていても、ふとした瞬間に出る仕草や視線の動かし方は、日々彼女に懸想する邪《よこしま》な上司を魅了していた。

しかしつがいであるアルファに愛してほしいと乞う姿は、もっと直情的な破壊力があった。

「んっ、ぁ、大っきい……むりっ、ぁあ――っ」

「大丈夫だ、君が、締めつけるからっ……ほら、全部入った。動くぞっ」

「ぁっ、あ……はぁ、あっ……ゆっくりっ、ぁんっ、それ、突いちゃやぁ……おかしくなるのっ……いいのっ、いい……っ」

あふれかえるオメガの匂いを腹いっぱいに吸い込みながら、本能のままがつがつと腰を動かす。まるで獣のようだ。甘い匂いは脳髄を痺《しび》れさせ、つがいを抱いて腹奥で果てることしか考えられなくさせる。

出したい。射精したい。だがもっと、メルティナが満足するまで悦ばせてやりたい。

「いいの……あぁっ、いいっ、いくっ……出して、一緒に出してぇ……っ」

「まだだ、もっと君をよくして……っ、メル、そんなに締めるなっ」

背中を反らせて達したメルティナの内側が、みだらな動きで絡みついてくる。よく濡れているのに緩むどころか、すぐに絞り取られそうな淫猥《いんわい》な締めつけだ。

オメガが皆そうなのか、メルティナの身体が特別に好《い》いのかはわからなかったが、そんなことはどうでもよかった。

ヴァルターにとって、つがいとはメルティナだけだ。こんなふうに悦ばせたいと思う相手は、彼女以外に考えられない。

「メル……っ、メル……」

身体を倒し、はぁはぁと喘ぐ愛らしい唇に自分のそれを重ねる。

メルティナはすぐに細い腕を背中に回してきた。その間も荒々しく穿《うが》つ腰の動きが止められない。興奮が抑えきれず腹を突き破りそうなほど乱暴にしているのに、オメガの身体はつがいに愛されて嬉《うれ》しいのか、ますます濃厚な匂いをまき散らした。

「んっ……ふ、ぁ……ヴァルター……気持ちいい、お腹、もっと……っ」

「っ、もちろんだ、君が……満足するまで……」

くちづけの合間に言葉を交わし、さらに離れるのは辛いとばかりに唇を押しつけ合う。その後も互いに指一本動かせなくなるまで、愛するつがいを求め合った。

◇　◇　◇

広い洗面室の鏡に向き合い、メルティナは銀色のハサミを手に取った。

鋭く研がれたそれを、ゆっくりと顔に向かって持ち上げていく。

シャキン、と音がして足元にパラパラと髪が落ちる。シャキン、シャキンといささか豪快なのは、この作業に慣れているからだ。

メルティナがヴァルターの屋敷で暮らすようになって半月。その間すでに五回ほど髪を切っている。

(先生はもうすぐ落ち着くって、おっしゃってたけど……)

肩口で切り揃《そろ》えた髪は、眩《まぶ》しくなるくらいきらきらと輝いていた。もとはくすんだアッシュブロンドだったのに、なぜか月光を集めたようなプラチナブロンドへと変化している。

初めて髪が伸びた日、寝ている間の変化だったこともあり、目覚めて驚いたヴァルターがすぐに医師を呼んだ。

メルティナは最初、自分を診断してくれたアマリアの主治医に往診を頼もうとしたが、オメガの専門家ではないと知るとつがいに対して過保護なヴァルターが難色を示した。

そして一度専門医に診てもらった方がいいということになり、呼ばれたのがオメガである王妃の主治医だ。それだけでも恐縮すべきことだったのに、いろいろと質問されて、かなり入念に診察してもらった。

幸い、髪が伸びることについては問題ないらしい。性別が変わったことによる体質変化の一つで、色が定着すれば生え替わりも止まるとのこと。

肌艶もよくなるだろうと言われたが、たしかに自分でもわかるほど透明感が増していた。顔の造作に違いはないものの、髪や肌の変化でオメガらしい繊細な印象になった、ような気がする。

しかしメルティナにとって幸運なのは、医師がオメガの抑制剤について詳しいことだった。

体質的に抑制剤が効きにくいこと、副作用が強いことにも理解を示し、新しい抑制剤を試すだけでなく、食事や生活習慣についても助言してくれた。

おかげメルティナの暮らしはかなり楽になった。性別変化は身体に大きな影響を与えるので不測の事態も多いらしいが、いざというとき抑制剤に頼ることができるならとても心強い。

それにつがいのいるオメガは精神的に安定すると教えられて、たしかにそれも実感していた。

ヴァルターが傍にいるときの安心感は言葉にできない。オメガがつがいに依存する心理がわかるような気がする。

（それに、ヴァルターがあんなに過保護だなんて知らなかった……）

鏡の中の自分は、見慣れない髪色でぎょっとする。しかしそれも、そのうち慣れるのだろう。同じように献身的すぎるヴァルターの態度にも慣れる日が来るのかもしれない。恋人と部下とでは態度が違うのは当然としても、彼があんなにかいがいしく恋人に尽くす人だとは知らなかった。

床に敷いていた布をまとめ、散らばった髪を掃除する。それから奥の浴室で全身を洗い、バスローブを羽織ってからようやくメルティナは寝室へと戻った。

ヴァルターの屋敷は主人の身分に相応しく贅《ぜい》を凝らした造りで、寝室に浴室が直結している。栓を捻《ひね》れば湯まで流れる浴室は、贅沢そのものだ。

メルティナも一人で入浴するようになってからは、浴室での時間を楽しんでいる。それまでは体力の消耗がいちじるしい彼女をヴァルターが洗ってくれていたから、気持ちよくてもリラックスするどころではなかった。

「メル」

戻ってきたメルティナに気づいたヴァルターは、ぽんぽんと自分の隣を叩《たた》いた。寝台で半裸のまま身体を起こしている彼は、どうやら書類を読んでいたらしい。膝の上に白い紙の束が散らかっている。

鍛え上げられたアルファの裸身は、オメガのメルティナにとって目の毒だ。それでも屋敷に運ばれたときのような、ちょっとしたことで全身の血が沸騰して理性が飛ぶ——あれほどの発情は襲ってこない。

一過性の発情期が終わったのと、医師に処方された抑制剤が十分効いていた。

「また髪を切ったのか」

寝台まで戻ったメルティナの髪に、ヴァルターの指先が絡みつく。器用にくるくると巻きつけて遊んでいる彼は楽しそうで、どうやらある程度長い方が好みのようだ。

「騎士を辞めるので伸ばしてもいいのですけど、さすがに腰まであると手入れするのが大変なんです」

それでも柔らかな色合いの髪は見るのが楽しく、以前より長めに切り揃えていた。

「俺が手入れしようか。君の入浴を手伝うのは楽しい」

「遠慮します。一緒に入浴するとその……洗うだけでは終わらなくなるので」

「君が可愛く甘えてくるのが悪い。あんなに可愛い君を目の前にして我慢できるはずがないだろう」

「もう……」

照れながらそっと睨《にら》むと、肩を抱かれてこめかみにくちづけされる。幸福が胸に満ち足りて、身体からふっと力が抜けた。

「お仕事……されていましたよね。お邪魔して大丈夫でしたか？」

つがいになってから最初の数日間、ヴァルターはメルティナの傍を一度も離れなかった。屋敷にはベータの使用人がいるが、彼らにつがいの世話をさせることもなかった。食事も入浴の介助も自分一人で行い、たっぷり甘やかす毎日。

メルティナはメルティナで、その間のことは夢現《ゆめうつつ》だ。意識はあったのだが、つがいに世話をされるのが嬉しくて、すべてを彼に委ねていた。

おまけに大変はずかしいことに、かなり甘えた記憶もある。

しかしメルティナの発情が落ち着き、薬も効きだした頃から、ヴァルターは正騎士団本部と屋敷を行き来し始めた。それでも彼本来の働き方を考えると、職場にいる時間は短い。溜《た》まった仕事は自宅に持って帰ってきているのだろう。

いま、このときのように。

「仕事は仕事だが、メルの意見が聞きたくてな。読むか？」

書類を渡されて身体が固まる。

「わたしですか？　でもわたしは騎士を辞めた身です」

つまりヴァルターのつがいであっても部外者だ。生真面目なメルティナの回答に、ヴァルターは目元をやわらげた。

「それなんだがな。たしかに君を騎士の身分のまま、正騎士団に置いておくことはできない。抑制剤が効いたとしても、発情期の間は、自分の身を守ることさえ難しくなるだろう……君のつがいとしては到底、許容できることではない」

つがい云々《うんぬん》はともかく、メルティナも騎士でいることは無理だと考えていた。

なにしろオメガの発情期は体力の消耗がひどい。アルファの団員たちへの影響もある。発情期を完全に避けることができない以上、辞職するのはやむを得ない。

「だが、騎士でなくとも騎士団でできる仕事はある。オメガになったとしても君の知識や能力が衰えたわけではない。その力を失うことは、正騎士団にとって損失だと思わないか？」

「損失、ですか？」

そんなふうに考えたことはなかった。オメガになったときからずっと、仕事を辞めなければいけないと考えていた。

——オメガになったから。オメガだから。

性別が変わったことで、これまでの努力が失われてしまう。家計を助けるために騎士になったけれど、それでもメルティナは仕事に誇りを持っていた。やりがいも感じていた。それを手放すことになるとわかって、くやしかったし悲しかった。

だけど、そうやってすべてを諦めなくてもいいのだろうか。正騎士団のために、ヴァルターのために、働くことが許されるのだろうか。

そのような機会を、与えてもらえるのだろうか。

「メル」

ヴァルターの手が、メルティナの頭をゆっくりと撫ぜた。彼女の瞳から、ぽたぽたと涙があふれたのだ。メルティナ自身は与えられた考え方に、呆然《ぼうぜん》としていた。

「これは君のつがいだから決めたわけではない。君の能力を評価するからこその結論だ。もちろん君がいやなら無理強いはしないが……体調を優先しつつ、できる仕事は続けてほしい」

——オメガになったときに、全部なくしたと思っていたのに。

「この身体では、あちらで勤務するのも難しいと思います。それでも、いいんですか？」

「それは問題ない。必要ならこの屋敷に、君専用の仕事部屋を作ればいい」

涙で濡れた頬を、ヴァルターの指がやさしく拭う。彼の答えは明確で、咄嗟《とっさ》に思いついたわけではないのだろう。

「でも……そんなことをして、公私混同とは言われませんか？」

「君は俺を誰だと思っている。王族に公私があるとでも？　君は俺のつがいで、自《おの》ずと俺の妃《きさき》になる。その君がなにをしようと、咎《とが》める人間などいない」

表立って咎める人間はいないだろう。けれど特別扱いだと思う人間はいる。

差別意識が強いルーヴェルクなので、オメガが定職に就くことはとても難しい。自宅でできる仕事を探すか、貴族の生まれであれば成人後すぐに結婚する。そのような環境でメルティナを特別扱いすれば、公平を重んじるヴァルターの評判が下がってしまう。

「メル」

表情を曇らせたメルティナの肩を、ヴァルターが再び抱き寄せた。バスローブに包まれた小柄な身体を、しっかりと抱きしめる。

「オメガだからといって、なにもかも諦めるのは間違っていると思わないか？　性別がオメガでも様々な人間がいる。働くことに障壁があるなら、その障壁を取り除けばいい」

それはルーヴェルクでは特殊な考え方だった。オメガの側に立つ、まるで夢のような意見だ。しかもそれを、オメガのことを苦手だと言ったヴァルターが告げている。

問いかけるメルティナの視線に気づいたのか、彼は少しだけばつが悪そうな顔をした。

「以前、俺がオメガについて語ったことがあったな。だがあのときの俺は、自分の特殊な体験だけを持ち出して、とても偏った考え方をしていた。おまけにアルファであるのに、オメガについて無知だった。愛する君がオメガになって、初めてそれを思い知らされた」

「あ……」

オメガはアルファを惑わす悪《あ》しき存在、だから社会から隔離する――そのような考え方はごく一般的だ。

しかしいまのヴァルターは、異なる意見を持つらしい。

「情けないことに、発情期のあるオメガへの行動制限や、強制的な抑制剤の服用について疑問を持ったことがなかった。むしろ当然だろうと……アルファも抑制剤を服用するが、オメガさえ決まりを守っていればこのような必要はないのにと。自分のことしか考えない傲慢なアルファだった」

声は淡々としていても、悔いていることが表情でわかる。

「わたしだって同じです。自分がオメガになるまで、オメガの身体がこんなにも辛いなんて知りませんでした。こんなにも……自由を奪われるなんて」

一瞬、肩からこぼれた淡い金髪に視線を移し、メルティナは首を力なく振った。オメガ特有の繊細で美しい外見は称賛されるが、発情の辛さはあまり知られていない。

社会秩序を守るために、オメガは抑圧されている。そしてそのことに対して疑問を持たないよう教育もされる。ベータだったメルティナも、オメガになって初めて不自由さを思い知らされた。

「だが君は、もともとオメガに対して同情的だった」

「それは……両親の影響です。世間離れした人たちですけど、いい人たちなんです。昔から貧しいオメガへの援助にも積極的でした」

「リーヴィス子爵夫妻か。本当に尊敬すべき方々だな」

度がすぎるほどのお人好しである両親を思い、曖昧に微笑《ほほえ》むメルティナの目尻に、ヴァルターが唇を押しあてた。いつの間にか止まっていた涙の跡に、そっと唇を落とす。幾度も幾度も慈しむように。

そして顔を上げた彼は、力強く告げた。

「苦しむ君を見て、ようやく俺はオメガについて考えるようになった。性別のせいで君が選択肢を奪われるのはいやだ。もちろん君だけではない。君以外のオメガにも、もっと自由が保障されて然《しか》るべきだ。そのために国として、支援できることがあるはずだ」

「ヴァルター……」

メルティナが考える何倍も先のことを彼は考えている。彼女はオメガの権利になんて、思いも馳《は》せなかった。自分自身がただ、不自由だと感じただけだ。

そしてオメガだから仕方がないと最初から諦めていた。

「すべて君が教えてくれたことだ。抑制剤の副作用で苦しむ君を見るのは、本当に辛かった。その上、適合する薬がなければさらに行動が制限される。君自身にはなんの咎もないのに」

そういえば医師処方の抑制剤をいろいろ試していたとき、体質に合わずめまいと吐き気で動けなくなるときがあった。

発情の熱と抑制剤の副作用で朦朧《もうろう》とするつがいの背中を擦《さす》り、顔を清め、水を飲ませてくれたのもヴァルターだ。

「だから特別扱いではない。君は先例だ。オメガに対する政策については、陛下にも思うところがあるようだから、一度話し合ってみる」

メルティナは唇を綻ばせて頷《うなず》いた。

「それならわたしも、仕事を続けたいと思います。前と同じでなくても、できることがあるはずですから」

だが、ヴァルターに甘えるだけでは意味がない。

先例というなら、それなりの成果を出すことが必要だろう。中途半端なことはしたくないから、やはり専用の部屋を用意してもらって、基本的な就業時間を決めて、と指折り数えだしたメルティナにヴァルターはおいおいと声をかけた。

「君が仕事好きなのは知っていたが、そんなに嬉しそうな顔をされると……それはそれで腹立たしいな」

「腹立たしい、ですか？」

「……ああ。自分でも狭量だと思うが、仕事にメルを取られるような気がする。できれば、君のつがいのことも忘れないでやってくれ」

メルティナは思わず噴き出してしまった。こんなに可愛らしいことを言う人だとは知らなかったのだ。彼はいつでもメルティナを導いてくれる、尊敬すべき人だった。

だけどいまのヴァルターはなんだか、大切な玩具《おもちゃ》を渋々譲り渡した子供のようだ。

「忘れるわけがありません。ヴァルターはわたしの一番、大切な人です」

そう言ったあとで、メルティナはあっと口に手を当てた。

「仕事をするなら、やはり団長とお呼びした方がいいですか？」

どうしたものかと首を傾《かし》げると、頼むからやめてくれと言われた。

「こうして二人でいるときに団長と呼ばれると……ときどき、ひどくいけないことをしている気分になる。散々、妄想の君にそう呼ばれながら抜いたからな」

「なっ、なにを言っているんですか！」

あまりにもあからさまで卑猥《ひわい》な物言いに、メルティナは頬を赤らめた。

「俺は自分を清廉潔白だなどと思ったことはない。男として、君のことをずっと好きだったんだ。だが、想像するだけならいざ知らず、いまはもう君の可愛らしい声も、甘い唇も、どうやって俺に応えてくれるのかも全部知っている。その上で団長と呼ばれると」

「やめてください！　もうっ、どうしてそんなこと言うの……っ」

頬だけではなくバスローブから覗《のぞ》く首筋まで赤く染めて、メルティナは両手に顔を埋めた。はずかしい。だけど、はずかしいだけではない胸のときめきは、きっと嬉しいだ。

神聖な職場でなんてことを考えているのと思うのに、ふとした瞬間に男性としての彼を意識して、ドキドキしていたのはメルティナも同じだったから。

もちろん自分は、そんな慎みのない想像はしなかったけれど。

「男は多かれ少なかれそんなものだ」

ヴァルターは平然とメルティナの腕を掴み、顔を上げさせた。

琥珀色《こはくいろ》の瞳に燃えるような熱情が揺らめいている。求められているのがわかって、発情中でもないのにうなじがきゅんとうずいた。

「……幻滅したか？」

そんなの、するはずがない。

先ほどヴァルターを可愛いと感じたように、これもまたメルティナの知らない彼の一面だ。はずかしいと思うけど、いやだとは思わなかった。

ヴァルターは彼女の両脇に腕を入れると、抱き上げて自分の膝の上へと座らせた。下から見つめる彼の瞳は、相変わらず情熱的に輝いている。

「俺は、つがいである君には名前で呼ばれたい」

ふっと悪戯心が芽生えた。

ただの上司と部下であった頃なら、けっして思いつかなかった悪ふざけ。

ほれぼれするほど魅力的な身体に抱きつき、耳元に顔を近づける。彼があんなことを言ったから、試してみたくなったのだ。

「……団長」

自分でもあざとく感じるほど、たっぷりと情感を込めてささやいた。

次の瞬間ぐるりと視界が回り、唸《うな》り声を上げた獰猛《どうもう》な獣に子ウサギよろしくのしかかられる。メルティナは即座に、ふざけたことを後悔した。

「やっ、待って」

「待てない。煽《あお》ったのは君だ」

「でも……っ」

間近に迫る整った顔が、男の色香をにじませて見つめてくる。

理性を保ったままのこのような行為に、メルティナは慣れていなかった。

いまの悪ふざけも、ほんのちょっとした出来心だ。つがいを得た初めての発情期が落ち着いてからは、睦むときでもはずかしくて、ヴァルターに導かれるまま身を任せることがほとんどだった。

ヴァルターはヴァルターで、そんなメルティナを相手にかなり手加減してくれていると思う。辛いことや苦しいことはもちろん、極端にはずかしいこともされたことがない。

いつも気持ちをほぐすようなやさしい言葉と、溺れるような甘いくちづけで理性を奪ってから、身体への愛撫《あいぶ》を始めてくれた。

けれどメルティナの小さな悪戯は、完全に彼の欲望に火をつけてしまったらしい。

「俺は何度も警告しただろう？　名前で呼んでくれと。それなのにこんな悪戯をして」

「ご、ごめんなさい」

「謝る必要はない……報告書を読み上げるときの君の声。なにかを尋ねるときの真っ直ぐなまなざし。それに俺がどれだけ煽られていたか、思い知るといい」

「そんな……あっ」

切ったばかりの髪を乱して首を振ったのと同時に、首筋に音を立てて吸いつかれた。するするとバスローブを解かれて、湯を浴びたばかりの素肌を大きな手のひらが撫でる。

「ヴァルター、待ってっ」

「いまは団長だろう、メル？」

「あれは冗談で、ぁんッ」

唇が吸い痕を残して下りていき、薄桃色をした胸の先端をちろりと掠《かす》める。ただ触れられただけなのに、全身がひくんと反応した。

甲高い声が出てしまい、思わず両手で自分の口を塞ぐ。

けれどヴァルターは、愛撫の手を止めなかった。それどころかもっと聞かせろというように、ねっとりと舌を使って硬くなりはじめた乳首を可愛がる。

「んっ……だめ……」

「団長だ。俺に言うことを聞かせたいなら、そう呼んでくれ」

「だ、団長……やめて……」

理性を飛ばさないまま胸だけを執拗《しつよう》に舐《な》められるのは、想像以上にはずかしい。

涙目になりながらようやくそう伝えたのに、胸元から響くみだらな水音は止まらない。たっぷりと舐められるたびにもどかしいような刺激が全身に伝わり、太ももの間が切なくうずいた。

「ぁ……」

「可愛いな、メル。恥じらって真っ赤になって。俺だけがこんな君を知っていると思うと、たまらない……そんな顔で睨んでも無駄《むだ》だ。もっとはずかしいことをしたくなる」

「そんな、やめてくれるって……ん、っ」

胸から顔を上げたヴァルターが、いやいやと首を振るメルティナの唇を塞いだ。熱い舌に口内を蹂《じゅう》躙《りん》され、頭の中がくちづけのことだけでいっぱいになる。

その間にも太ももの内側を撫でさする手が、強引に奥へと差し入れられた。

「……濡れてるな」

「っ、やぁ……っ」

指先が奏でるくちゅりと響く水音のせいで、感じていることを隠しきれない。

「やっ、いやです……団長、ごめんなさい。許して……っ」

「だから謝るな。俺は君のつがいだ。俺の前ではどれだけみだらになってもいい」

ヴァルターは恐ろしいほどやさしい声でささやくと、覆い被さっていた身体を起こしてメルティナの両膝へ手をかけた。

「うそっ！　やっ、やだ！　団長っ、あぁ……っ」

蜜をこぼし始めた秘裂を、新たな刺激が襲った。

太ももの間で揺れるヴァルターの黒髪。あろうことか彼はメルティナの足の間に顔を埋めると、まだ濡れ始めて間もないその場所を、唇と舌を使って愛撫しだしたのだ。

こんなことはされたことがない。少なくとも、メルティナが覚えている限りは。

「団長っ……いやっ、ヴァルター……っ、お願い、待って、ぁあんっ」

なにを言ってもやめてくれない。それどころかますます愛撫は激しさを増し、慣れないオメガを追いつめる。そこは不浄の場所だ。口にするなんて、とんでもない場所。

それなのに太ももをさらに押し広げられ、蜜にまみれた花弁の内側に舌がねじ入れられた。

「っ……ひぅ、っ……ぁ……ッ」

羞恥心と、それを上回る強烈な快楽に全身が震える。

「だめ……見ないで……」

はずかしいのと気持ちいいのとで、わけがわからない。ぷっくりと膨れた花芽を濡れた舌でぐちゅぐちゅと舐め回された瞬間、目の前に白く激しい閃光《せんこう》が走った。

「あっ、あぁ……っ」

まるでつがいを誘うように腰を揺らして、メルティナは達してしまった。

舌では届かない深い場所が物欲しげに収縮するのがわかる。

「ひど……こんなの、ひどいです」

上擦る声で精一杯抗議したのに、顔を上げたヴァルターは反省するどころか不敵な笑みを浮かべて口元を拭ってみせた。

「ひどくても……君のアルファは俺だけだ。君を甘やかして悦ばせて、身も心も満足させられるのは世界中で俺一人だ。そうだろう?」

独占欲をにじませた声で告げられる。つがいのアルファの嬉しくて仕方がないという表情に、メルティナはそれ以上なにも言えなくなってしまった。

相変わらずはずかしくてたまらないのに、ヴァルターの言葉の一つ一つに胸が甘く震えるのだ。

「愛している、メル。どうか君も、俺を求めてくれ」

いつものようにやさしくささやかれたと思ったら、力強い剛直がたっぷりと蜜をこぼす花弁に触れた。硬くなめらかな先端が、浅い場所をゆっくりとかき混ぜる。

「ぁ……」

こらえようのない快楽の声をこぼし、メルティナは身体から力を抜いた。

このまま焦《じ》らされるのも辛くて、掠れた声を絞り出す。

「ヴァル……団長、もっと……」

羞恥心を残したままの精一杯のおねだりに、ヴァルターは応えてくれた。

彼はメルティナの腰をぐっと掴むと、逞《たくま》しい雄槍《やり》で震える花びらを勢いよく貫いた。

「んぅっ……あ……」

「あぁ、いいな。メル、君の中は相変わらず熱くて……俺を夢中にさせる……」

余裕のない声に、彼を包む粘膜がきゅんと収縮する。

呻《うめ》いたヴァルターは律動を速め、メルティナはつがいから捧《ささ》げられる激しい愛の交歓に、羞恥心も忘れて呑《の》み込まれていった。


親密な時間を過ごしたあと、水を取ってくると告げたヴァルターを見送り、メルティナはヨレヨレになったバスローブをもう一度羽織った。

つがいのアルファにたっぷりと愛されて、身も心も信じられないほど充実している。

それでもいつまでも裸でいるのははずかしい。腰紐《こしひも》をしっかりと締めて、ほっと息をつく。

そして書類の散った床に視線を移すと、手を伸ばしてそれらを拾い集めた。先ほどヴァルターが読んでいた書類だ。目に留まった文字を追っていると、彼が両手にグラスを持って戻ってきた。

「これ……フェドニアの。誘拐されていたオメガたちが見つかったんですか？」

フェドニアの公用文字で書かれた報告書には、ルーヴェルクで誘拐されたオメガたちについての記述がある。

メルティナの手にグラスの一つを渡して、ヴァルターは頷いた。

「これは仕事というより……君が心配していたから、最新報告だ。オメガたちはやはりフェドニアに移送されていた。外交ルートを通じて返還を要請しているが、帰国には少々時間がかかるかもしれない」

仕事から離れていた間の、鈍っていた頭が働き出す。ふわふわしていた気持ちが一気に引き締まった。

正騎士団が追っていたオメガ誘拐事件で、オメガたちの身柄が隣国フェドニアへ移送されている可能性があった。国内で彼らが監禁されていた場所に、ルーヴェルクでは流通していないフェドニア製の薬品が保管されていたからだ。

そしてやはり、オメガはフェドニアにいたらしい。

「返還を要請ということは、身柄は確保されているんですね？」

フェドニアは友好国なので、話がまとまれば帰国できるだろう。しかしほっとしたのは束の間で、メルティナは聞こえた言葉に耳を疑った。

「ああ。だが彼らが見つかったのは軍の研究施設だ」

「軍の研究施設。どうしてそんな場所に」

オメガの誘拐と聞いて、目的として最初に考えられるのは性奴隷としての人身売買だ。正騎士団もそれを想定して誘拐事件の捜査を行っていた。それが、フェドニアの軍施設とは。

メルティナの目の前で、ヴァルターは自身の手にあるグラスの水を呷《あお》った。

「……フェドニアはルーヴェルクより、オメガの研究が進んでいる。一方でオメガの権利保護は我が国と比較にならないほど手厚い。最近ではそのせいで、オメガの身体に負担がかかる研究が難しくなっていると聞いていた」

「まさか自国のオメガを研究に使えないから、他国のオメガを誘拐して研究に使うつもりだったということですか?」

正騎士団長である前に王族であるヴァルターは、諸外国の王族とも関わりが強い。個人的に入手した情報もあるのだろう。その情報を与えられたメルティナは、自分の導き出した結論を否定してほしいと思った。あまりにも身勝手すぎる行動だからだ。

しかし否定するどころか、ヴァルターはため息をついて頷いた。

「もちろんフェドニアの総意ではなく、軍の一部が暴走したようだ。あちらの王族も苦労しているらしい。国として今回はオメガの救出に協力してくれたが、フェドニア国内の問題が落ち着くまで、オメガの帰国にまで手が回らないと……まあ、相手の立場もあるから、いまの段階であまり強固なことは言えないな」

深入りすると、内政干渉と言われかねない微妙な問題だ。一方でルーヴェルクにとっては自国の人間が他国の軍部に誘拐されたのだから、一歩間違えると外交問題になる。

フェドニアがそれを承知でなお内政を優先させるのだとしたら、それだけ彼《か》の国も混乱しているのだろう。

喉の渇きを感じて、メルティナもグラスに唇を付けた。

誘拐されたオメガたちが、身の危険なく保護されているのだとしたら、とりあえずはよかったと思う。しかし帰国するまで手放しで喜ぶことはできないし、ルーヴェルクにとって誘拐されたオメガたちの救出だけでは、問題は解決しない。

「……暴走した軍部の責任はフェドニアが負うとして、ルーヴェルク側でも手引きした人間がいたはずです。フェドニア軍と繋がりがあり、我が国のオメガたちを他国へ連れて行けるだけの権力か資金力、あるいはその両方を持つ人間が。フェドニアはなんと？」

誘拐犯たちを掴まえなければ、ほとぼりが冷めた頃に同じことが起きる可能性がある。それ以上に、自らの利益のためにオメガを誘拐した卑劣な人間たちを許してはおけない。

「関係者の尋問はしてくれるらしいが、望み薄だ。情報を待つより、オメガの救出が機密扱いにされているいまのうちに、多少強引な手段を使ってでも手引きした人間を突き止めたいところだが……そっちの資料を見てくれ」

示された紙を捲《めく》り、メルティナの動きが止まった。

「……フェドニアと繋がりが深い、なおかつ彼の国との商取引で利益を上げている貴族たちですね」

見覚えのある侯爵《こうしゃく》家、伯爵《はくしゃく》家、それに爵位《しゃくい》は持たないが名の知れた豪商の名前が挙げられている。

こんな資料を自分に見せてもいいのかと思いつつ、急いで内容を読み込む。

その中にはカラム侯爵の名前もあり、メルティナの脳裏に苦手な男の顔が浮かんだ。けれど過去の私情を持ち込むのはよくないと思い、不快な気持ちを押し隠す。

あの一族は交易でかなりの財を成していたから、この類いの資料に名前が載るのはごく自然なことだ。

「……とりあえず、彼らを中心に内偵を進める。だが君も意見があるなら聞かせてほしい」

「それならアセンシオ伯爵は外してもいいと思います。あの伯爵家は……」

数人の貴族について意見を交わしつつ、メルティナは久しぶりのやり取りに懐かしさを感じていた。

つがいとして甘やかされているときとは違う、不思議な充実感がある。

やはり自分は仕事を失いたくなかったのだと、あらためて実感する。ルーヴェルクのため、ヴァルターのために働きたい。そしてその気持ちを認めてもらえて嬉しい。

「オメガたちも……早く帰国できるといいですね」

一通り話し終えたあと、ぽつりと呟《つぶや》いたメルティナに、ヴァルターはそうだなと力強く頷いてくれた。

6

待機させていた馬車の前で、アマリアが気取ってスカートの裾を持ち上げた。

「ではメル姉様、ごきげんよう」

「もう。アマリアったら」

元気そうな妹の様子に笑みがこぼれる。

メルティナが暮らすことになったヴァルターの屋敷は、王宮からほど近い地区にある。王宮から正《せい》騎《き》士《し》団本部は目と鼻の先なので、そちらも移動するのに大して時間はかからない。

一方、メルティナの実家であるリーヴィス子爵家《ししゃくけ》は下町にあって、そこからヴァルターの屋敷までふらっと立ち寄るのは難しい距離だ。しかし姉に会いたい一心で、本日、アマリアが訪ねてくれた。

実は、家族の訪問はこれで二回目だった。

メルティナを自らの屋敷へ運んだヴァルターだが、リーヴィス子爵への連絡は怠らなかった。三女アマリアの病気に際して薬を援助してくれたこともあり、夫妻はすっかり王弟《おうてい》を信用している。メルティナを保護した連絡を受けても、さほど心配はしなかったという。

そしてヴァルターが彼らを招待してくれたので、発情期が落ち着いてしばらくしたあと、メルティナは両親と会うことができた。ただ残念なことに、そのとき妹のアマリアは体調を崩して、同行できなかったのだ。

それだけに今日、妹が一人で会いに来てくれたことがとても嬉《うれ》しかった。もちろん一人とはいえ、送迎のための馬車はヴァルターが準備してくれた。

「だってメル姉様が王弟殿下《でんか》のつがいだなんて。まだ夢を見ているみたい。恋なんてしてないなんて言っていたくせに、殿下とひそかに想いを育んでいたのね」

恋愛小説好きのアマリアは夢見がちだ。はしゃいだ妹の声に周囲の使用人を意識して、メルティナの頬は熱くなった。

「アマリア、お願いだからあることないこと吹聴《ふいちょう》しないでね」

「もちろんよ。その代わり今度は殿下がいるときに来たいわ。姉様と並んでるお姿を見てみたいの。一緒に働いていたアルファとオメガのつがいなんて素敵。この前、這《は》ってでもお父様たちに同行するんだったわ」

先日は両親をもてなしてくれたヴァルターだが、彼も暇な身ではないので、今日は屋敷を空けていた。しかしもしいたら、アマリアの口から飛び出す突拍子もない質問の数々に、さぞや困惑していただろう。

(不在でちょうどよかったかも)

アマリアの押しの強さに苦笑しつつ、メルティナは線の細い妹を抱きしめた。

「これから機会なんていくらでもあるわ。だから無理だけは絶対にしないで。愛しているわ」

「わたしもよ。メル姉様」

姉妹の抱擁を交わし、それでは馬車へ、というときだった。アマリアがあっと口を押さえた。

「どうしたの?」

「あのね、ハインツ兄様からお手紙を預かっていたの。でもメル姉様がとても幸せそうだから……渡すのを忘れてしまって」

幸せそうなのと、従兄《いとこ》からの手紙になんの関わりがあるのだろう。意味がわからず戸惑うメルティナの目の前で、アマリアはコートの内ポケットから白い封筒を取り出した。

封蝋《ふうろう》の模様は、たしかにハインツを示している。

「渡さないわけにはいかないけど……いやなことが書かれていても許してあげてね」

「いやなこと?」

「うん。だってハインツ兄様にとって、けじめだと思うから」

ますます意味がわからない。妹が帰ったあとでじっくり読もうかと思ったのに、アマリアはいますぐここで開けてほしそうだ。気が利く使用人が即座に持ってきてくれたペーパーナイフで封を開ける。

見覚えのある筆跡で書かれた内容を目にして、メルティナの全身に緊張が走った。

「……アマリア。あなた、この手紙の内容を知っていたの?」

信じられない。これは罪を告白する手紙だ。

「ハインツ兄様が、メル姉様のことを好きだった、っていう告白のお手紙でしょう?」

無邪気なアマリアの言葉に、二の句が継げなくなる。彼女はきっと、告白の内容までは知らないのだ。

手紙には、悔恨と謝罪が綿々と書かれていた。

したためるときに気持ちの乱れがあったのか、文字は書き殴ったように荒れ、何度も同じ言葉をくり返している。けれど、内容はそれ以上に衝撃的だ。

性別を変える研究がフェドニアで行われている——そのような話を聞いたことはあったが、あくまでも噂《うわさ》の域を出ない夢物語だと思っていた。しかしベータをオメガに変えるその薬を、ハインツは策を弄してメルティナに飲ませたというのだ。

(どうして……!)

幼い頃から幼馴染《おさななじ》みとして過ごしてきた、頼りになる従兄を思い出す。

身体《からだ》を動かすことが好きな子供だったメルティナを、剣術の稽古に誘ってくれたのは彼だった。リーヴィス一家の困窮を憂い、たびたび援助してくれた。アマリアが難病に冒されたときも、父親である当時の伯爵《はくしゃく》と口論してでも力になろうとしてくれた。

メルティナだけでなく家族全員が、どれほど彼に助けてもらっただろう。

『君を愛していたから、悪魔のささやきに耳を傾けてしまった。君がオメガになれば、アルファである僕のものになってくれると。僕の弱い心が招いた結果だ。本当に申し訳ない』

手紙を握る手が怒りに震える。

オメガに変わったあとの苦悶《くもん》の記憶が、メルティナの脳裏を覆い尽くす。

発情に悶《もだ》え、自分では制御できない身体に恐怖したこと。やりがいのある騎士の仕事を断念したこと。自分と家族を守るために、見ず知らずのアルファとの契りさえ覚悟したこと。

そして、これ以上ヴァルターの役に立つことができないのだと、くやしくて涙を流したこと。

だけどそれだけなら、ハインツを許すことができた。彼がこれまでずっとリーヴィス一家に寄り添ってくれたことを考えたら、想いに気づかなかった自分の鈍感さが申し訳なくなるくらいだ。

やさしい従兄の善意を、身内として当然のように受け取っていたのだから。

(でも、どうしてアマリアまで巻き込んだの……！)

休暇を取ったメルティナが実家に立ち寄ったときに、お土産として渡されたシュデーデルのボンボン。ハインツはあの菓子に、友人から受け取った薬を混ぜたと書いている。

けれどあの菓子は、アマリアだって口にしていた。メルティナに不審を抱かせないためだろうか、ハインツは年若い従妹《いとこ》が菓子を口にするのを、一度だってとめようとはしなかった。

「メル姉様？　どうしたの、顔色が悪いわ。あのね……ハインツ兄様がなにを書いてきたって、姉様は好きな方と結婚すべきだわ。兄様だってそれを望んでいるのよ。だってこのお手紙はただのけじめだって、そうおっしゃっていたもの」

大好きな姉が、従兄からの告白に狼狽《うろた》えていると思ったのだろう。アマリアが心配そうに顔を覗《のぞ》き込んできた。

疑うことを知らない純真なまなざしに、メルティナはますますハインツを呪った。

手紙によると、ハインツはメルティナがオメガであると確信していたらしい。アルファである彼が惹《ひ》かれた、それだけの理由で思い込むにはあまりにも独善的過ぎるが、実際にメルティナはオメガとして目覚めてしまった。

けれどもし、メルティナだけではなく同じ血の流れるアマリアまでオメガに変化していたら、どうするつもりだったのか。

病弱なアマリアは、あのおかしくなるような発情の辛《つら》さに耐えられないかもしれない。健康なメルティナでさえ起き上がれなくなるほど消耗したのだ。妹にはあのような苦しみを、絶対に与えたくない。

だからこそ病弱な従妹に想いを馳《は》せず、自分の欲望を優先させたハインツに対する怒りは凄《すさ》まじかった。

「アマリア、あなた体調は大丈夫?」

「え? ええ。わたしは大丈夫よ。でもメル姉様の方が」

今日の妹は見るからに健康そうで、それだけで足の力が抜けそうなほどほっとする。

「家まで送っていくわ。もうちょっとおしゃべりしたい気分なの。ちょっと待ってて」

強引にそう言うと、メルティナは執事を呼んで外出を伝えた。併せて封を開けたばかりの手紙を、正騎士団本部まで届けるよう依頼する。

渡す相手は言うまでもなくヴァルターだ。この手紙にはいくつもの大切なことが書かれている。早く彼に届けなくては。

「護衛やメイドを同行させますか？」

「どちらも必要ないわ。妹を実家に送って帰ってくるだけだし、あの周辺では物々しくすると余計に目立つから。もちろん抑制剤と、護身用に短剣だけは持っていきます」

忠実な執事はヴァルターに命じられて、すでにメルティナを女主人として扱ってくれるから、提案はしても、彼女の要求に異を唱えたりはしない。

「待って姉様、外出なさって大丈夫なの？」

追いかけてきたアマリアが、メルティナの服を掴《つか》んだ。

「わたしはもっとおしゃべりできると楽しいけど……」

「大丈夫よ。体調にも問題ないし、抑制剤も飲んでいるから」

オメガに発情期があることは一般常識だとしても、可愛《かわい》がっている妹に説明したい話ではない。特に実家でメルティナが倒れたとき、アマリアもその姿を見ていたはずだ。

卑劣なことをしたハインツへの怒りがますます膨らんだ。

「でも、でも……殿下はお許しになるの？」

「もちろんよ。外出も制限なさらないわ。馬車での移動に限っているけど、買い物だって一人で行ったことがあるのよ」

実際、決まりさえ守ればオメガの外出が禁じられているわけではない。

そしてヴァルターにも、自由に出歩いていいと言われている。決してメルティナを閉じ込めておきたいわけではないのだと。

あとのことを執事に頼み、メルティナは妹と共に踏み台を昇り馬車へと乗り込んだ。御者が扉を閉め、ゆっくり動き出す馬車の中でアマリアは嬉しそうに笑った。

「メル姉様と殿下は、本当に想い合って愛し合っているのね。アルファはオメガに対して、もっと支配的なんだとばかり。そうだ、姉様！　殿下は姉様のことをなんと呼んでいるの？　愛する人？　それとも」

まくし立てる妹の言葉を、手のひらを見せて遮る。

「ちょっと待って。アマリア……先に教えて。ハインツはいつあなたにあの手紙を渡したの？　どんなことを言って渡してきたの？」

できるだけ詰問口調にならないよう気をつけながら、向かい合って座る妹を見守る。

「いつ？　一昨日《おととい》かしら。メル姉様に渡してほしいって持ってきたのよ。今日、姉様と会う約束があるのは伝えていたから」

素直なアマリアはなにかを思い出そうとするように、唇に人差し指を押しあてた。

「それから、えっと……連絡をくれるのを待ってるとも言っていたわ。でも姉様、姉様が連絡したくなければする必要はないわ。だって姉様は、王弟殿下のつがいなんだし」

相変わらず無邪気な妹は、ハインツの初恋を昇華する手伝いをしていると思っているらしい。

妹の笑顔を見つめながら、メルティナはふっと肩の力を抜いた。

（謝罪する気持ちに偽りはないのね……わざわざ手紙なんて、証拠になるものを用意するくらいだし）

口先だけならなんとでも言える。けれどハインツの筆跡でしたためられた手紙は、それ相応の証拠能力を持つ。彼もそれをわかっているはずだ。

そして理解した上で、薬の出所も含めてすべてを打ち明けてくれた。

「……アマリアは、ハインツがわたしを好きだって知っていたの？」

「もちろんよ！　でも、ハインツ兄様はアルファだから、結婚相手にはオメガを選ぶってずっとおっしゃっていたわ。好きと結婚は違うからって。姉様が最初からオメガなら、どうだったのかしら……でも、それは考えても仕方がないものね」

もしも最初からオメガだったら、少なくともメルティナは騎士にならなかった。

父は最初から、オメガの娘の嫁ぎ先を探しただろう。そしてその相手は、ハインツだったかもしれない。血が濃くなるという人もいるが、ルーヴェルク国内では従兄妹同士の結婚は認められている。

「……わたしね、本当はメル姉様がオメガになったって聞いて、ちょっぴり怖かったの」

それまで元気よくはしゃいでいたアマリアが、急にしょんぼりと告げた。

メルティナは手紙の内容を一旦忘れて、向かいに座る妹の手をそっと握った。

「怖かった？」

「ええ。あの日、姉様とっても苦しそうで……それにわたしの周りにはオメガなんていなかったから。姉様がどんなふうに変わってしまうんだろうって」

「アマリア……」

それはメルティナも同じ気持ちだった。変わっていく自分のことが怖かった。

意のままにならない発情、アルファを求めるみだらな身体。オメガについて知らなかったからこそ、恐怖はより大きかった。

「でも、今日会ってメル姉様ぜんぜん変わってなくて……嬉しかったの」

「そう？　髪の色はかなり変わったと思うんだけど」

「ええ。ふふっ、メル姉様の髪、すごい色だわ。お月さまの色みたい。前の色も素敵だったけど、いまの髪もとってもきれいね」

おどけたメルティナに付き合い、アマリアは楽しそうに笑ってくれた。妹の手を握ったまま、メルティナはほっとする。彼女自身も、恐怖はすでに去っていた。

もっとも恐れたのは変わりゆく心だ。自分の心がどう変化していくのか、それが一番怖かった。けれど性別の変化は、心にまで影響を及ぼさない。変わったのは体質だけ。もちろんそれはそれで厄介だが、いまのメルティナには心強い味方がいる。

（ヴァルターが、いてくれるから……）

ずっと恋い慕っていた正騎士団長。オメガとなったメルティナのつがい。彼が傍《そば》にいてくれるから、どんな変化でも大丈夫だと思える。

「……それに、姉様がオメガになって悲しんでいたらどうしようって思ってたの。わたしたち家族を助けるためでも、騎士のお仕事を楽しそうにされてたから。殿下がメル姉様のつがいになってくださったのは嬉しいけど、姉様が前より不幸せならいやだなって」

アマリアは気づかいのできるやさしい妹だ。知っていたはずなのに、メルティナは妹の気持ちに胸が熱くなった。

「わたしはいま、とても幸せよ」

「ええ。今日、姉様とお話ししてよくわかったわ。メル姉様、本当に幸せそう。お顔がとってもきらきらしているもの」

メルティナに握られた手をぎゅっと握り返したアマリアは、安心したわ、と満面の笑みを浮かべた。

「ハインツ兄様も、いまのメル姉様を見たらきっとおめでとうって……あっ」

馬車の窓へ視線を向けた妹が、急に大きな声を上げた。

「どうしたの？」

つられて覗き込んでも、特に変わった様子はない。

馬車はかなり進んで、ヴァルターの屋敷がある地区を通り過ぎていた。いまは庶民向けの小さな商店が建ち並ぶ一角を通っている。

「女の人が男たちに追いかけられていたの。栗色《くりいろ》の髪の人よ。あちらの奥へ回っていったわ」

アマリアが不安そうに指先を向ける。

このあたりの裏道は複雑に入り組んでいる。表通りの商店は賑わっているが、路地に入ってしまえば人通りが少なくなる。

「メル姉様、あの人、とても怯《おび》えた顔をしていたわ。どうしましょう」

アマリアもやはりリーヴィス子爵家の一員だった。両親に節度を説いていたが、自分も困った人を見過ごせないのだろう。

騎士ではなくなったとはいえ、メルティナは以前と変わらずメルティナだ。アマリアは過去の姉の活躍を見聞きしている。いまも、頼りになる姉がなんとかしてくれると信じているようだ。

無意識に助けを求める妹の懇願を無視できないメルティナは、動く馬車の壁を強めに叩《たた》いた。すぐに馬車は道の端で止まり、駆けつけた御者がなにごとかと扉を開ける。

「すぐに戻るから、アマリアを見ていて」

踏み台なしに、メルティナはふわりと地面に降りた。

「メル姉様！」

「し、しかし。メルティナ様っ」

慌てる声は背中に聞こえていたが、メルティナは走り出していた。

幸いなことに普段から動きやすい服装を好むので、駆けることに支障はない。周辺の地図は頭の中に入っている。アマリアが指し示した方角から見当をつけてさらに奥へと進み、耳を澄ませた。

(この道を、わけありの女性が逃げるとしたら、きっとこちらね)

人目のある大通りへ向かわなかったのは、理由があるのかもしれない。

読みが当たり、角を曲がった薄暗い路地に栗色の髪の女性が蹲《うずくま》っていた。追っていたという男たちの姿はない。

「大丈夫ですか。どこかお加減が悪いのでしたら……」

声をかけた瞬間、立ち上る匂いにはっとなった。

頭の奥にまで浸透するような、ねっとりと甘いオメガの発情香《はつじょうか》。アルファでない同性のメルティナすらおかしくなりそうな強烈な匂い。

(この匂い、どこかで……)

王宮舞踏会《ぶとうかい》の夜に嗅いだ、カラム侯爵《こうしゃく》令嬢ソフィアナの匂い――周囲のすべてを惹きつけるような強烈な香りは、あの令嬢の発情香にそっくりだった。

「抑制剤を……お持ちでは、ありませんか?」

発情による息苦しさで乱れた声。

オメガの女性の懇願に、メルティナは迷わず頷《うなず》いた。

「あります。ちょっと待って」

地面に膝をつき、薬の入った容器を取り出す。蓋を開け、容器を逆さまに手のひらへ向けたときだった。

足元から這い上がってくる狂おしい熱。それは瞬時に全身へと広がり、視界がぐにゃりと歪《ゆが》んだ。手のひらで受け止めたはずの錠剤が、ぱらぱらと地面へとこぼれ落ちる。

(……ど、して。まだ、終わったばかりなのに)

前回の発情期からひと月も経《た》っていない。

オメガに変わったばかりのメルティナなので、発情の周期は定まっていないとしても、ひと月過ぎていないのは短すぎる。

ヴァルターの執務室で発情したときは、アルファである彼に惹かれてのことだ。オメガとして目覚めたばかりの本能が、彼のつがいになりたいと強烈に望んだ。

けれど、いまは。

(この、香り)

オメガに変わったばかりのメルティナの身体は、あまりにも不安定だ。少しのことですぐに体調の変化が起きる。

本来、オメガの発情とはそれほど急なものではない。発情期に入ると次第に身体が熱《ほて》り始め、数日をかけて苛烈な発情状態に陥る。しかしその道理すら通じない厄介な身体。

それでもまさか、オメガの匂いにあてられて自分まで発情するとは思ってもいなかった。あるいは彼女の匂いが、メルティナの本能を刺激するほど強烈だったのかもしれない。

もっとも、理由を探している余裕はなかった。

いまはとりあえず発情を止めなくてはと、メルティアは震える指先で落ちた錠剤を拾おうとした。

「ぁ……」

散らばった五粒ほどの錠剤を手早くかき集めたのは、息苦しそうにしていた栗色の髪のオメガだった。彼女はそのうちの一粒を口に入れると、メルティナを残して立ち上がった。

「待っ、て」

頭の奥が甘く痺《しび》れて、なにが起こっているのかわからない。身体を苛《さいな》む熱の勢いはすさまじく、意識を保っているのがやっとの状態だ。

（アマリアが……心配、するのに……）

手元の容器はすでに空だ。中の薬はすべて地面に落としている。そしてそれさえも、先ほどのオメガに奪われてしまった。

「おいおい、逃げ足の速いやつだぜ」

「離してよっ、離してったら！　オメガが必要ならそっちにもいるじゃない！　あんたらの好きそうな、可愛い顔したオメガよ。あれを連れて行きなさいよ！」

言い争う男女の声が響き渡る。けれどぼんやりとやり取りが聞こえてきても、飛び交う言葉の意味がわからない。ただ耳が、音を拾うだけだ。

身体を支えきれず、メルティナはどさりと倒れた。喘《あえ》ぎながら空を見上げると、顔の上に影が落ちる。

「へえ……運がいいぜ。逃げたてめえを見つけたら、もう一匹オメガが釣れるなんてな」

「だから、あたしのことは離しなさいって！」

「薬を持ち出したのはてめえだろ。イアン様はお怒りだぜ」

わからない。でも。

発情した身体を、やさしく慰めてくれるつがいが傍にいない。

（ヴァルター……）

口元に薬品の匂いのする布を押しあてられ、メルティナの意識はそこで途切れた。

◇◇◇

王宮の玄関ホールで待機する正騎士団第三部隊長リューディガー・フォルクスに、ヴァルターは歩み寄った。国王である兄ミハイルの私室にいたところ、従僕が呼びに来たのだ。

「お邪魔して申し訳ございません」

黒髪と長身のリューディガーもまた、平民出身のアルファの騎士だ。普段なら近衛《このえ》騎士団が管理する王宮に近づかないが、火急の用件があるという。

「問題ない。メルティナについて、あれこれ言われていたところだ。退出の機会を窺《うかが》っていたのでちょうどよかった」

メルティナ・リーヴィスがオメガへの性別転換により正騎士を辞めたこと、しかし正騎士団に籍を置き、仕事を続けることは正騎士団内に周知している。

余計な誤解や詮索を防ぐため、メルティナがヴァルターの屋敷に滞在していることも内々には知らせていた。オメガがアルファの屋敷で暮らすとなれば、関係性は一目瞭然だ。

王弟としての公式発表ではないが、さすがに噂が立てば国王の耳にも届く。

本日、血の繋《つな》がった兄から直々に呼び出されたヴァルターは、国王の居室を訪ねて早々に、いつ妃《きさき》として宣言するつもりかと問い詰められた。

もちろん、なにも考えていないわけではない。メルティナもヴァルターのつがいとなったからには、この先、妃と呼ばれる身分になることは理解している。しかしそれは、二人にとってまだ未来の話だ。

なぜならメルティナはオメガになったばかりで、日常生活にも苦労している。

ヴァルターとしては、現状、愛するつがいにいま以上に負担を与えるつもりはない。自分との生活を重荷に感じられると困るからだ。メルティナにはとにかく、彼と共に暮らす環境を受け入れてほしい。強引な手段でつがいにしたからこそ、その思いは強かった。

しかし具体的な話はこれからだと説明すると、つがいとの結婚生活のよさを語る国王の言葉は止まらなくなった。初めは黙って聞いていたヴァルターだが、いいかげん辟易《へきえき》していたところだ。

だから呼び出されたのは渡りに船だったのだが、メルティナの名を耳にしたリューディガーは、さっと表情を曇らせた。

「戻りながら聞こう。なにがあった」

目敏《めざと》く気づいたヴァルターは、彼を促して歩き始めた。

第三部隊はオメガ誘拐事件について専任で捜査している。オメガたちの身柄がフェドニアで保護されたあとも、彼らを隣国へ売り渡した者たちを突き止めるため活動していた。

その第三部隊の隊長であるリューディガーが、なぜこの場でメルティナの名前に反応するのかが気にかかる。

「オメガたちを発見した倉庫で見つかった薬品……覚えておられますか？」

「ああ。オメガの発情薬だと報告を受けた」

抑制剤があるように、オメガの発情を人為的に起こさせる発情薬というものが存在する。

ルーヴェルク国内では医師の処方なしに入手することは禁じられているが、悪用が後を絶たない。

オメガたちと共に見つかった薬も、フェドニアの軍部から流出したものだと聞いていた。

「……あの薬に関して、王立研究所から新たな報告がありました。ごく稀《まれ》にですが、ベータをオメガに変える可能性があると。急遽《きゅうきょ》、フェドニアに確認中です」

ヴァルターの歩く速さは変わらなかった。王宮の庭を横切り、正騎士団本部との境にある西門へと直行する。しかし押し黙った彼の脳裏には、一つの可能性が浮かんでいた。

ベータをオメガに性転換させる――たしかに、以前からフェドニアでそのような研究がなされているという話はあった。けれどそれはあくまでも噂レベルの内容だ。

性別が変わる人間の話も聞くが、それが人為的に可能なことなのか、訝《いぶか》しむ気持ちは強い。

けれどヴァルターも、そして彼の隣を行くリューディガーも、つい最近ベータからオメガへ性転換した女性を知っていた。

「稀に、と言ったな。どういうことだ？」

まだメルティナに、薬が使われたという確証はない。

しかしヴァルターは、オメガになってくやしいと泣いているメルティナを思い出した。

オメガに変わって諦めたものを想う、彼女の悲痛な叫びを聞いた。もしその変化が自然なことではなく、他者によって意図的にもたらされたのだとしたら、事実を知ったメルティナはどれほど苦しむだろう。

「研究者たちが言うには、ベータの中にはアルファやオメガの資質を備えながら、それぞれの特性が眠ったままの者がいて、薬は彼らの目覚めを促す効果があるとのことです」

「単にベータをオメガに変えるわけではないんだな」

舞踏会の夜に甘い匂いをさせていたメルティナ。控えめながら蠱惑的《こわくてき》な香りで、いま思い出すとあれはオメガの発情香そのものだ。

あのときすでに、メルティナはオメガとしての片鱗《へんりん》を覗かせていたのかもしれない。

「はい。できれば彼女に聴取を行いたいと思います。オメガになる前に、誰かから無理やり薬を飲まされたことはないかなど」

薬の所持者は、オメガ誘拐事件の犯人と関わっている。ようやく見つけた手がかりの可能性に、リューディガーの語気は強い。

「オメガに変わる前、彼女は実家に帰っていたはずだ。だが、リーヴィス子爵一家がそのような薬を入手するとは思えない」

そう言いながら、ヴァルターも話を聞く必要性は感じていた。

フェドニアで開発された薬物がルーヴェルク国内に持ち込まれたと同時に、メルティナがオメガに変化した――偶然の一致と言うには、あまりにもタイミングがよすぎる。

「……まずは俺の口から確認する。かまわないか」

「もちろんです。メルが家族のためであれ、団長に偽りを言うとは思えませんから」

リューディガーは力強く頷いた。

変なところで信用されているのはヴァルターなのか、メルティナなのか。ともあれ今日はこのまま仕事を切り上げ、メルティナがいる屋敷へ戻ろうと決めたそのときだった。

正騎士団本部の建物から、なにやら手を振って走ってくる人影があった。

「レベッカ!?」

第三部隊に所属する赤毛の女騎士、レベッカ・マイエだ。リューディガーに名前を呼ばれた彼女は、息せき切って立ち止まった。その手には、開封された封筒が握られている。

「団長の屋敷から、使いの者がっ……手紙を、持ってきて」

「手紙？」

封筒ごと受け取ったヴァルターは、残された封蝋印を確認した。メルティナのものではない。

「メルからの伝言で。中を検閲していいから、なるべく早く、団長の手に渡るようにと」

息を乱す彼女は、すでに中身を見たのだろう。リューディガーと顔を見合わせたヴァルターは、すぐに封筒から手紙を取り出した。

――僕の大好きなメルティナ、君は僕に失望するだろう。

そう始まった謝罪の手紙は、先ほど彼らが論じていた疑惑の答えそのものだった。

◇　◇　◇

甲高く騒ぐ女性の声で目が覚めた。

ぼんやりと意識を取り戻したメルティナだが、めまいと熱りに襲われてなかなか目を開けられずにいる。床に寝かされているわけではないらしく、身体に伝わる感触は柔らかい。けれど後ろ手に腕を縛られているせいで、起き上がることは難しかった。

「ぁ……」

気を失う前の発情はますますひどくなっていて、わずかな身動きだけで悶えるような刺激が全身に走る。汗ばむ肌から、自分でもわかるほど甘ったるい匂いが漂っていた。

淫靡《いんび》な欲求に苛まれて我慢できず膝を擦《こす》り合わせると、うずいてたまらない秘所から蜜があふれてじっとりと下着を濡《ぬ》らしていく。

つがいのいるメルティナは、その場所をどうされると楽になるのか知っていた。

身動きできないほどきつく抱きしめて、力強く突いてほしい。奥にたっぷりと注いで、愛してほしい。

つがいを誘うように腰が浮き上がりそうになるのを、必死にこらえる。慰めてほしい相手は、心の底から愛するつがいだけ。けれどその彼はこの場にいない。

「……どうしてっ、散々あんたたちにも協力したじゃないっ」

かすむ目を何度か瞬くと、濁った視界の奥で栗色の髪の女性が叫んでいた。

その向かい側には、体格のいい男がいる。重厚な家具の置かれた部屋は広く、どこかの邸宅の一室のようだ。メルティナが寝かされているのは寝台の上だろう。

ともすればこぼれそうになる嗚咽《おえつ》のような呼吸を押さえつけ、周囲の状況を必死に探る。

「薬を持ち出すなんて悪い子だ、タニア。可愛がってやろうとしたのに、発情した身体で隙を突いて逃げるなんてな。おまえもフェドニア行きにしてやる」

下卑た笑みを浮かべた男が、冷酷に言い放った。

「待って、いやよっ、イアン……わたしとあなたの仲じゃない。ねえ、許してったら、ねえっ！」

女性は哀れっぽく声を上げるが、新たにやって来た男たちが彼女の腕を掴み引き立てていった。足音がして、残された男がメルティナに近づいてくる。

にやにやと見下ろしてくる顔に見覚えがあった。

「よお、メルティナ。こんなところでおまえと会えるなんてな」

ぐずぐずに溶けそうなほど熱った身体に、気色の悪い怖気《おぞけ》が走る。

（イアン・カラム……っ）

もう会うことはないと思っていた男だ。メルティナが近衛騎士団にいた当時、まだ年若い彼女にいやらしい視線を投げかけていたアルファの元近衛騎士。

暗い金髪と整った貴族的な顔立ちの青年だが、ねばつく視線は以前と変わらない。それどころか歪んだ口元には、隠しきれない嗜虐《しぎゃく》の笑みが浮かんでいる。

メルティナはままならない身体をくねらせ、腕を拘束する縛《いまし》めを解こうとした。けれど肌に触れる布の刺激にさえ感じてしまい、大きく胸を喘がせる。

「暴れても無駄《むだ》だ。そんな簡単には解けねえよ」

「やめてっ、やっ……ひっ」

男の手が無遠慮に胸を掴む。その瞬間、頭を殴られたような暴力的な快感が全身を貫き、メルティナは奥歯をくいしばった。

つがい以外のアルファに触れられている。内臓すべてを吐き出しそうなほど気持ち悪いのに、発情し熱った身体は快感を拾ってしまう。おぞましさに、涙がぶわりとあふれ出た。

いやだ。こんな男に、涙なんて見せたくない。こんな、卑劣な男に。

「ハインツも水くさいよな。せっかくおまえがオメガになったっていうなら知らせてくれてもいいのによ。俺が薬を恵んでやったから、おまえはめでたくオメガになれたんだぜ」

悲鳴がこぼれぬように歯を食いしばったまま、メルティナはイアンを睨《にら》みつけた。

――ハインツからの手紙を即座にヴァルターに届けさせたのは、彼の告白にイアンの名前が記されていたからだ。

酔った勢いで学生時代の知り合いであるイアンに、アルファである自分がこれほど惹かれるなら、従妹のメルティナはオメガのはずだと言ってしまったこと。イアンから試してみる価値があると、ある薬を渡されたこと。

以前、ヴァルターから見せられた資料に、フェドニアと関係がある貴族としてカラム侯爵《こうしゃく》家の名前があった。あのときはまさかと思ったものの、ハインツからの手紙を受け取って確信した。

オメガ誘拐事件の首謀者たちは、フェドニアと深い繋がりがある。そしてタイミングよく、イアンはハインツに、ベータをオメガに変える特別な薬を渡した。まったくの無関係だとは言いきれない。

それにフェドニア行きにするという、先ほどのイアンの言葉。

「あなたが、ハインツをっ……唆《そそのか》したのね」

ぼやけた視界の向こうで、イアンがにたりと笑った。

「唆しただぁ？　俺だって半信半疑だったんだぜ。あの薬はオメガの発情薬で……ベータに飲ませて素質があればオメガになるって聞いてたけどな。けど、あの優等生だったハインツの野郎が、あんまりにもおまえがオメガだって主張するから、からかうつもりで恵んでやったんだ……本当にオメガになったおまえと再会して、こっちが驚いたくらいだ。俺を責めるのはお門違いってもんだろう」

ルーヴェルクでは違法とされる怪しげな薬を国内に持ち込み、自分が愉《たの》しむために使っていた男だ。罪がないわけがない。

けれど断罪の言葉を口にする余裕がないほど、メルティナの呼吸は乱れ、身体は熱りを増していく。

せめてもと背けた彼女の顔を、イアンの手が強引に掴んだ。

「そう嫌がるなよ。アルファに媚《こ》びる雌の匂い、ぷんぷんさせやがって。近衛騎士団にいるときは、ただの生意気なベータだと思ってたのにな。ははっ、そんなふうに睨んでも、オメガだと思うと可愛いもんだぜ」

「離、して……っ」

気持ち悪い。触れられた場所から腐り落ちていくような気がする。

つがい以外のアルファと睦《むつ》んでも、オメガの発情は癒《い》やされない。けれど悦《よろこ》びは感じるのだ。

ただ鎮まらない発情に、延々と苦しむだけ。そしてメルティナにとって嫌悪する男に触れられて反応する自分の身体は、身震いするほどおぞましかった。

「タニアの発情に誘発されたらしいな。おもしれぇ……あの薬を飲んだオメガの発情にあてられたのか、それともあの薬でオメガになったおまえならではの反応なのか。どちらにせよフェドニアに売ってやったら、被検体として喜ばれると思うぜ。身体中弄《いじ》くり回されて気持よくしてもらえるんだ。オメガのおまえは本望だろう」

極悪非道なことを告げるイアンを、メルティナは喘ぎながら懸命に睨み続けた。

「髪の色まで変わるんだな。オメガ化ってのは……っと、ちょっと待ってろよ」

不意になにかに気づいたように、イアンはメルティナの顔を離した。

柔らかなシーツに顔を寄せたメルティナの耳に、聞き慣れた声が届く。

「イアン、いくら脅されても僕は……メルっ！」

どうして彼が。

顔だけ動かしたメルティナの視界に、見慣れたシルバーブロンドが映った。

従妹がいることを知らずに連れて来られたのか、部屋に入った彼は拘束されて横たわるメルティナの姿に、碧《あお》い目を大きく見開いた。

「ハ……イン、ツ……っ」

「急に呼び出したと思ったら、なんてことをしているんだっ。メルは……彼女のつがいが誰なのか、わかっているのかっ」

激昂《げきこう》した声と共に、ハインツの姿が近づいてくる。

新しいアルファの気配に下腹の奥がきゅんきゅんとうずいて、メルティナはオメガの身体のあさましさに消え去りたくなった。

「知るかよ。まあ、うなじに噛《か》み跡は残ってたけどな……その様子じゃ、おまえを呼んで正解だったぜ。抑制剤を飲んでまで我慢しているやさしい俺に感謝しろよ。最初はおまえに譲ってやるんだ。せっかく目覚めさせたってのに、かっ攫《さら》われたんだろう?」

「なっ……!」

親しげに伸ばされたイアンの手をハインツは振り払う。

けれどイアンは気にする様子もなく、下卑た顔でにやにやと笑った。

「そうカッカするなって。おまえがこいつをモノにして、アルファの偉大さを教えてやればいい。これでおまえも完全に共犯だ。俺の力を借りて、好きな女とやれるんだからなぁ!」

「僕はメルを……っ」

怒鳴るハインツの声がぷつりと途切れ、不自然な沈黙が下りた。

苦しそうに喘ぐ彼の視線が、汗に濡れて上気した肌に突き刺さる。メルティナは言葉も出せず、湧き上がる熱に身体を震わせながら、祈るような気持ちで彼を見つめ返した。

やがて碧い瞳が熱に浮かされたようにどろりと濁り、形のよい唇がうっすらと開く。

「僕、は……」

ハインツの様子がおかしい。メルティナは懸命に首を振った。

けれどおかしいのは彼女も同じだ。肌は不自然なほど熱り、流れる汗の刺激にさえ喘ぐほど敏感になっている。発情しきったオメガの身体は刺激を欲し、甘ったるい匂いは増すばかりだ。

そしてアルファの本能は、オメガの発情香に抗《あらが》えない。

「だ、め……離れ、て……っ」

言葉の内容とは裏腹にまるで誘うような甘い声に導かれ、ハインツの身体が傾《かし》いだ。濁った碧い瞳に、発情に悶えるオメガの姿が映り込んでいる。

「……はぁ……メル。僕は、ずっと……愛していたんだ」

狂気を宿すとろけた声に、メルティナは呻《うめ》いた。

オメガの発情に本能を刺激されたアルファの顔——充血した目はぎらぎらと輝き、荒ぶる獣のように呼吸が乱れる。彼はためらうことなく、メルティナの脇に両手をついた。

ぎしりと視界が揺れて男の重みがのしかかる。

アルファに押さえつけられて、オメガの身体が孕《はら》みたいとうずく。

「ハインツ、だめ……っ」

「愛していたんだっ。君からときどき、甘い匂いがして……僕を誘う匂いをさせているのに、君はベータでっ。僕はオメガのつがいを見つけて、優秀な子供を産まさなきゃいけないのに……君が、惑わせる……」

匂いを嗅ぐように首筋に顔を埋《うず》められ、嫌悪感に鳥肌が立った。

ハインツの言葉が真実なら、彼はずっとベータの従妹から感じる匂いに悩まされていたということになる。けれどメルティナには、従兄の言葉を深く考えることができない。

発情した身体に触れるのがヴァルターではない。それだけでイアンに触れられたときと同じ、形容しがたい気持ち悪さが込み上げてくる。唯一自由な脚を動かして蹴り上げようとするものの、発情して弱っている脚力ではアルファにダメージを与えられない。

それどころかハインツはメルティナの膝を掴むと、脚で男の身体を挟むような卑猥《ひわい》な形に開かせた。

「やっ、離してっ」

ハインツは碧い目を細めうっとりと唇を歪めた。普段の彼ではあり得ない、常軌を逸した笑みだった。

「オメガはつがいじゃないアルファに襲われても、満足しねえからな。ずっと発情しっぱなしで愉しめるぞ。あとで俺もまぜてもらうがな」

愉快そうに笑うイアンの声も、ハインツには届いていないようだ。彼はメルティナの耳たぶに熱い息を吹きかけると、服の上から性急に胸をまさぐり始めた。

「あぁ……メル、君が悪いんだ。僕に犯してほしくて、こんな匂いをさせているんだね」

「ちがっ、ひっ！」

信頼していた従兄の変貌に、恐怖で思考が凍りつく。

それなのに発情したオメガの身体は、乱暴な刺激からあさましく快楽を拾い始めた。すでに潤みきっていた花弁の奥から熱い蜜がとぷりとぷりとこぼれ、発情の匂いが強くなる。気持ち悪いのに、吐き気と快感が入りまじりわけがわからない。

「すごいよ、君の匂い。こんなのアルファは誰でもおかしくなる。僕のせいじゃない、君がこんな匂いをさせなければ、僕は……君のせいだ。君のせいで僕はおかしくなったんだっ、君が最初からオメガだったら、僕がつがいにしてやったのにっ」

ハインツは正気ではない。発情香のせいでアルファの本能を刺激され、興奮して理性を失っているだけだ。わかっていてもやさしかった従兄の言葉は、メルティナに衝撃を与えた。

そんなふうに思われていたなんて。

苦しくて、悲しくて、意識が朦朧《もうろう》とする中、ぼろぼろと涙がこぼれ落ちる。

「ははははっ、あのお上品なハインツがなぁっ」

イアンの哄笑《こうしょう》が頭の片隅に響いた。抵抗できないメルティナを前に、ハインツは動きを止めない。細い喉元に舌を這わせ、匂いを嗅いでさらに呼吸を荒らげる。

そして乱暴に胸を揉《も》みしだき、自らの下半身を服の上から押しつけて揺り動かし始めた。

「っ、や……」

「大丈夫だよ、メル。僕は汚れた君でも愛してあげる。オメガにしてあげたのは僕なんだよ。嬉しいよね……ほら、もっと匂いが強くなった。君には騎士なんて似合わないよ、アルファを誘うみだらなオメガだって、僕はずっとわかっていたんだ……っ」

血走った目を見開き笑う彼が恐ろしかった。

どうして、どうしてと混乱が思考をかき乱す。メルティィナのせいだ。自分がオメガの匂いをさせていたから、ハインツはおかしくなってしまった。

こんなことをする人ではなかったのに。

「やめ……お願い、いやぁっ」

ハインツはもどかしげに身体を離すと、荒い呼吸のまま着衣を緩め始めた。

メルティィナを襲った恐怖と絶望は凄まじかった。受け入れたくない。身体は発情していても、慰めてほしいのは最愛のつがいだけ。

このまま彼らのいいようにされたら、きっと心が粉々に砕けてしまう。

ハインツに太ももを掴まれ、半狂乱になって泣き叫んだ。

「助けて……ヴァルター、ヴァルターっ！」

そのときだった。部屋の外から激しい物音と怒声が聞こえた。

「なんだ……っ」

イアンが廊下に出て騒ぎを確認しようとした瞬間、勢いよく開いた扉の反動で、彼の身体は人形のように吹き飛ばされた。

「メル……！」

まるで悪夢から覚めたように、恋しくて慕わしいアルファの声が全身に響く。歓喜が力となり、メルティィナは身を捩《よじ》ってハインツの身体を押し退《の》けた。

顔が見たい。幻聴だなんて思いたくない。声はたしかにつがいの――彼女が愛するヴァルターの声だった。

抜き身の剣を携えた彼の姿が見えた瞬間、安堵《あんど》と幸福で頭の中が真っ白になる。

部屋に籠もるオメガの匂いに眉を顰《ひそ》めたヴァルターだが、興奮したままメルティナにのしかかるハインツを険しい形相で睨むと、容赦なく引き剝《は》がした。

「いやだ、メル……っ！」

床にうち捨てられてなおも立ち上がろうとするハインツは、あとから入ってきた騎士たちに取り押さえられる。メル、メルと涙まじりの叫び声が虚《うつ》ろに響いた。

「なんだってんだっ、傭兵《ようへい》たちはどうした⁉　俺を誰だと思って……っ、殿下⁉」

状況を呑《の》み込めていないのか騒ぎ立てるイアンもまた、すぐに屈強な騎士たちに囲まれる。

侯爵家の名を喚《わめ》き立てるが、この場に忖度《そんたく》する者は誰もいない。

メルティナが確認したのはそこまでだった。彼女はすぐに、慕わしい腕に抱き起こされた。

「もう大丈夫だ、メル」

力強い声に励まされて、幸福に胸が震える。周囲の喧噪《けんそう》は、すでに視界に入らなかった。ヴァルターはすぐにメルティナの拘束を解くと、軽々と彼女を抱え上げた。

メルティナは痺れた腕を持ち上げ、首に腕を回し、必死に抱きついた。懐かしささえ感じる温《ぬく》もりに、つがいに守られる喜びを実感する。

騎士たちの気配も気にならない。ただひたすらヴァルターをたしかめたくて、頬をすり寄せ大好きなつがいの匂いを胸いっぱいに吸い込んだ。

「ヴァルター……」

これまで感じていた気持ち悪さやおぞましさが、幸福に染め変えられて消えていく。

残ったのは、つがいに愛してほしいという原始的な欲求だけ。ヴァルターが安心させるように笑いかけてくれるから、ますますもって嬉しくなる。

メルティナは発情の興奮とつがいに抱きしめられる喜びに、完全に我を忘れていた。

身体が熱くて、誘うような甘い匂いが全身から噴き出す。この匂いをもっとつがいに嗅いでほしい。そしてヴァルターにも狂うほど求めてほしい。

「薬がある。緊急用だが屋敷までは持つだろう。飲めるか？」

冷静な言葉に寂しくなって、いやいやと首を振った。ヴァルターはメルティナを抱えたまま器用に錠剤を口に含むと、ぷいと反らした彼女の唇に強引に舌を捩《ね》じ込んできた。

舌で薬を押し込まれ、仕方なく飲み込む。つがいが自ら与えてくれるものだ。いやとは言えない。

薬の効き目は覿面《てきめん》で、すぐにあれほど苦しかった熱が鎮まっていくのを感じた。ヴァルターに愛されることしか考えられなかった思考も、周囲の状況を認識できるようになる。

ハインツや見知った顔の騎士たちがいる中、つがいに媚びて甘えて、はしたない姿をさらしてしまった。

「っ……」

蒼白《そうはく》になり、降ろしてと言いかけたメルティナの唇を、もう一度ヴァルターが塞いだ。

今度は薬を飲ませるためではなく、熱い口内を舐《ねぶ》りまわし、まるで渇きを癒やすようにあふれた唾液を舐《な》めすする。

恥じらって悶えるメルティナだが、逃すまいとするかのようにさらにきつく抱きしめられた。

人前でこんなふうに求められて、はずかしくてたまらないのに、怒る気持ちが湧いてこないのは彼が大好きなつがいだからだ。

まるで見せつけるような長く濃厚なくちづけから解放されると、メルティナは羞恥に震えてヴァルターの身体に顔を押しつけた。

「……メル、ごめん。僕はっ」

騎士たちに押さえつけられ、正気を取り戻したハインツが絶望の声を上げた。

強い薬の効果で、オメガの匂いも薄まっている。

「あれは……違うんだ、君を傷つけるつもりはっ」

「黙れっ、連れて行け」

つがいに向ける慈しみに満ちた声とは対照的に、ヴァルターの命じる厳しく険しい声が響いた。

顔を上げたメルティナは、咄嗟《とっさ》に待ってと言いかけたが、琥珀色《こはくいろ》の瞳に見つめられ言葉を飲み込んだ。

「落ち着いてから機会を作る。悪いようにはしない」

だからいまは言うことを聞けと、彼の瞳が告げる。

ヴァルターを信用していた。そう言われると、任せるしかない。

ハインツの気配が消えると、最後まで残っていた緊張の糸がぷつりと切れた。

発情は鎮まったとはいえ、肉体は疲労困憊《ひろうこんぱい》している。つがい以外のアルファに襲われて、精神的な消耗も激しい。話したいこと、告げなければいけないことがたくさんあるのに、考えが上手《うま》くまとまらない。

それどころかつがいの温もりに安心したせいで、瞼《まぶた》まで重くなってくる。

「アマリアを……心配、させるから」

メルティナが最後まで気にしたのは、やはり妹のことだった。

姉が戻って来なくてどれほど怖かっただろう。いまもまだ怯えているのかもしれない。せめて無事だと伝えたい。

「……君は、いつでも自分より周りを心配するな。だが彼女なら大丈夫だ。君の救出もすぐに伝わる」

穏やかになだめられて、それならよかったと気持ちが軽くなる。

つがいの温もりに包まれて、メルティナはそのまま意識を失った。

7

発情期のあるオメガだが、期間の間中ずっと苛烈な発情に苛《さいな》まれているわけではない。身体《からだ》が熱《ほて》り始め、数日でピークに達すると言われている。

その間じわじわとままならない熱情に襲われ続けるのだから、肉体的にも精神的にも疲労するが、オメガとして目覚めた——目覚めさせられてしまった不安定な体質のメルティナは、通常のオメガよりも発情による消耗がひどかった。

ベータとして生きていた頃を否定するかのように、本能が激しくつがいを求めさせる。

おまけに駆けつけたヴァルターが、すでに発情しきっていたメルティナに与えた抑制剤。あれはあくまでも強制的に発情を抑えるためのもので、本能の衝動を消し去るものではない。薬の効果は一時的で、効き目が切れると抑え込んだ分、普段以上の焦燥が襲いかかる。

おかげで連れ帰られた屋敷で目を覚ましたメルティナは、自分の身になにが起こっているのか理解する間もなく淫欲の渦に呑《の》み込まれた。熱い、苦しいと泣きじゃくりながら、愛してほしいとつがいにすがりつく。

そして寝室の中ではヴァルターも、それ以上我慢をさせなかった。

着乱れていた服を剝《は》ぎ、自らも衣類を脱ぎ捨てると、メルティナを引き寄せ、仰向けになった自分の腹を跨《また》がせた。

愛撫《あいぶ》もそこそこに、挿《い》れてほしいなら自分で腰を下ろせと声をかける。

「挿れ、るの……？　でも、あぁ……意地悪しないでぇ」

くちゅくちゅと下から突き上げられる。でも、けっして奥まで挿入してはもらえない。メルティナがお尻を動かすたび、屹立《きつりつ》と秘所が擦《こす》れて濃い愛蜜《あいみつ》がどろりと流れた。

与えられないもどかしさにいやいやと首を振る。物足りない。だけど自分で挿れるなんて、そんなにはずかしいことはできない。

「俺のすべては君のものだ。君のしたいようにしたらいい。ほら、俺のことが欲しくないのか？」

浅く挿入された先端が、秘裂を割り開くように前後する。あまりのもどかしさに高い声で喘《あえ》ぎながら、メルティナは髪を振り乱して頭を振った。

「ぃんっ……欲しいの、ほしい……っ」

「なら腰を下ろすんだ。上手にできるか、見ててやるから……そうだメル、好きなようにしていい。俺を支配できるのは君だけだ」

励まされ、腰を支えてもらいながらずぷずぷと奥まで呑み込んでいく。

「ぁ……深い、の……入って、ぁ、ああ……っ」

最奥をずん、と突き上げられる衝撃に、メルティナは首筋を反らして喘いだ。頭のてっぺんから爪先まで快楽に染め抜かれる。強烈な快感に四肢が震え、意識が半ば飛びかけた。

ヴァルターの声は、発情に支配された彼女にも届いていた。

――支配できる？　好きにしていい？　こんなに素敵なアルファなのに。

つがいではないアルファに迫られ、おぞましさと気持ち悪さに慄《おのの》きながら、身体だけは意思を裏切り熱くなっていったことを思い出す。自分の力ではどうすることもできない事態に、心の底から恐怖した。いまもまだ、怖かった気持ちは残っている。

誠実だった従兄《いとこ》の変貌。それが自分の匂いのせいだという罪悪感。全部が絡み合って、悲しくて恐ろしかった。

けれどヴァルターの言葉の一つ一つが温かく浸み入り、いやな気持ちを幸福が塗り替えてしまう。つがいに愛される喜びは、オメガにとってそれほどまでに幸せなことだ。

「んっ、ああっ、ヴァルターっ、あぁっ」

大胆に腰を動かし始めたメルティナは、快楽を求めることに夢中になった。

ときおりゆるゆると、けれどメルティナが確実に気持ちよくなる場所を突き上げてくれるのが嬉《うれ》しい。腰を支えて、逃げられなくして、気持ちいいのはこれだと教えてくれるのが嬉しい。こんなに素敵なアルファなのに、メルティナを満足させるためだけに愛してくれるのがとても嬉しい。

「いい子だ、メル。そうだ、ここを擦るともっと好《よ》くなるだろう？」

「ひぁっ、いいっ、気持ちっ……あぁぁぁ――っ！」

絶頂に全身をひくつかせて泣き叫ぶメルティナを、さらに激しく好がり狂わせたいという思いを抑えて、ヴァルターはことさらゆっくりと腰を揺らした。

いまはただ、メルティナの心を幸せと悦《よろこ》びで満たしてやりたい。もう誰も彼女を傷つけることはないのだと、わからせるために。

——メルティナがいなくなったと聞かされたとき、生きてきた中でもっとも肝が冷えた。

屋敷から届けられた手紙を受け取り、カラム侯爵《こうしゃく》家についてリューディガーに対応を指示した直後、もう一つの報告がもたらされた。彼の屋敷の馬車、それもメルティナの妹であるアマリアを乗せた馬車が正騎士《せいきし》団本部まで来ていると。

追いかけられていた女性を助けに行ったはずなのに、姉様が戻って来ない——そう泣きじゃくるアマリアから正確な位置を聞き出し、即座に駆けつけた。

オメガになったとしてもメルティナはメルティナだ。彼女自身の力が衰えたわけではない。ならず者の一人や二人相手にしても、問題なく片付けることができる。並の令嬢とは違うのだ。

わかっているのに、心が急《せ》いた。誰かに任せようとは微塵《みじん》も思わなかった。あの妹思いのメルティナがアマリアを心配させている、その事実に恐怖した。

そして見つけたオメガの残り香。

発情しているメルティナは、身体的にも精神的にも極端に脆《もろ》くなり、オメガの本能に苦しめられる。

そのような状態のつがいが連れ去られ、怒りで頭の中が沸騰した。

誰が、なんのために。考えられる可能性は山ほどある。しかし冷静に思考を働かそうとしても、彼の腕の中で安心しきって笑うメルティナの顔が頭から離れない。

――守るべきつがいを、奪われた。

それでも、彼女の匂いが残っていたのは僥倖《ぎょうこう》だった。愛《いと》しくていつまでも嗅いでいたいようなメルティナの匂い。その匂いをたどったおかげで、間に合うことができたのだから。

イアン・カラムは機密扱いにされているフェドニアでの情報を入手しておらず、相変わらず好き勝手をしていた。

オメガたちが救出されたことを聞いていれば、それなりに身を慎むかあるいは国外へ逃げる算段をしていただろうが、そうとは知らずヴァルターの大切なものにまで手を出した。偶然とはいえ、許しておけない。

主犯は息子だが、父親である侯爵も違法薬物やオメガの誘拐に関わっていたことは明白だ。庶子の息子一人では、到底なし得なかった犯罪だった。

しかし、いまはそんなことはどうでもいい。

ヴァルターにとって目の前で喘ぐメルティナを愛することだけが、至上の喜びなのだから。

「はぁ……ぁ……」

どうやらメルティナは絶頂から降りてこられなくなった様子で、恍惚《こうこつ》の表情を浮かべたまま全身を痙攣《けいれん》させている。とろけた媚肉《びにく》の絞り取ろうとする締めつけに逆らい、ヴァルターはさらに腰を突き上げた。

「ひぃっ……ぁ、もっと……っ」

常軌を逸した乱れようは、発情のせいだけではないはずだ。

メルティナは従兄に襲われ恐怖していた。まるでその恐怖を忘れようとするかのように、快楽に耽《たん》溺《でき》している。

彼女に襲いかかっていた男――レンツェ伯爵《はくしゃく》はメルティナの匂いに理性を奪われたようだが、そんなことは許す理由にならない。意志薄弱なあさましい男だ。

元を正せば、メルティナがこれまで築き上げてきた地位を手放す事態になったのも彼のせいだ。ベータのままなら、彼女はもっと自由に生きることができた。

その可能性をレンツェ伯爵は奪ったのだ。

そしてさらに、本能に負けてメルティナを汚そうとした。

――自分も似たようなものだという心の声を封じ、ヴァルターはつがいとして、メルティナに快楽を与え続ける。染みついた恐怖を忘れさせるために。

「はぁっ……いくっ、またきちゃうっ、あぁ……――っ」

悩ましいほどの締めつけに耐えきれず、細い腰を掴《つか》み最奥で精を放つ。

脳が痺《しび》れるような恍惚に歯を食いしばる。このオメガは自分のものだ。閉じ込めたい。孕《はら》ませたい。

自由などなにひとつ許さず、支配して貪りつくしたいというアルファの本能をねじ伏せる。

メルティナを愛したいのだ。大切にしたい。彼女の気持ちを尊重したい。それができなければ、彼女を愛する資格がない。

荒れ狂うほどの快感が遠のくと、硬さを保ったままのそれを埋《うず》めたまま、倒れ込んできた華奢《きゃしゃ》な身体に腕を回し、激しく上下する背中をそっと撫《な》でた。

「キス、して……キス……」

素直に甘えてくる姿がたまらなく愛しい。オメガでなかったとしても心を許せば、きっとメルティナはすべてを委ねてくれたはずだ。

「もちろんだ。君が望むだけ」

熱い唇を押しつけ合い、たっぷりと舌を絡ませる。メルティナの唇は常に甘くて、食《は》んでいるだけで下半身が痛いほどに張りつめる。こぼれる精液を押し戻すようにゆっくりと突き入れると、すぐにまた柔らかな媚肉が絡みついてきた。

「んっ、あっ……」

仰向けに転がし、先ほどよりも激しい動きで最奥を抉《えぐ》る。メルティナの甘い匂いは消えない。この匂いを自分以外のアルファが嗅いだというだけで、嫉妬でおかしくなりそうだ。本当は永遠に、自分だけのものにしてしまいたい。本能と理性が激しくせめぎ合う。

メルティナの意思を無視して彼女を得ようとするあんな男に、一秒たりとも彼女の姿を見せたくなかった。従兄だから、幼馴染《おさななじ》みだからと、きっとメルティナは許してしまう。つがいのいるオメガの匂いに情欲を滾《たぎ》らせ、その身体に触れようとした意志薄弱な男でさえも。

泣いていたメルティナを押さえつけ、服の上からでも腰を振っていた男の姿を思い出し、激情が一気に燃え上がった。

「ひ、あぁ、っあ……だめ、あぁんッ」

それまでうっとりと快楽に浸っていたメルティナの声が、切羽詰まったものに変わる。

与えられる律動が激しすぎたのか、悲鳴のような声で啼《な》きながら快楽を逃そうとしている。長く伸びた白金色の髪が、波のように枕元に広がった。

「ヴァルターっ、激しっ、あぁっ……だめっ、そこ、ぐちゅぐちゅしちゃだめぇっ！」

だめと言いながらもメルティナの脚が、ヴァルターの腰に絡みつく。自らも快感を貪るように、細い腰を揺らして中の楔《くさび》を締めつける。あふれる蜜はねっとりと熱く、快楽と嫉妬で理性を灼《や》かれたアルファをますます煽《あお》り立てた。

「悪い……君を安心させてやりたくて、やさしくしたかったのに……我慢できないっ」

引いた腰を深々と突き入れ、抽挿《ちゅうそう》を激しくする。荒々しい動きに翻弄される華奢な身体が痛々しかったが、つがいに愛されうっとりと幸せそうなメルティナと、そんな彼女を奪われかけたという事実に、箍《たが》が外れた。

「いいの……好きにして。ヴァルターも、気持ちよく、なって……っ」

「くそっ、メルっ！」

健気《けなげ》な言葉に最後の自制心が吹き飛ぶ。一旦身体を離してメルティナをうつ伏せにすると、小柄な身体を抱きかかえ、そのまま一気に押し入った。

「あっ、ぃっ……あぁっ、ぁ、はぁ……ああっ」

揺らめくメルティナの髪をかき分け、噛《か》み痕の残るうなじに顔を寄せる。ぐりぐりと腰を押しつけたまま、その場所へ唇で触れた。アルファが一度噛めば、つがいになる。その事実はオメガの本能へ刻まれ、なにがあっても消えることはない。

だからそれ以上噛む必要はないのだが――けれど噛みたい。痕が薄くなるごとに欲求は膨れあがる。痕が永遠に残るように、噛み千切りたい。

「はぁ、噛んで……噛んでぇ、もっといっぱいしてぇっ」

まるでつがいの要求に応えるように、メルティナは甘くすすり泣いた。うねる媚肉が離さないとばかりに雄を締めつけ、その途方もない快感にヴァルターはたまらず呻《うめ》く。

「っ……愛してる。メル、一生離さない」

「わたしも愛して、ああっ、ヴァルター……愛してるの、離さないでっ」

うなじを噛まれたメルティナが、歓喜の声を上げながら昇りつめる。ヴァルターもまたつがいのすべてを抱きしめて、快楽の極みへと駆け上っていった。

◇　◇　◇

庭から小鳥の鳴き声が聞こえる。すでに太陽は空高く昇っていた。

起きるにはかなり遅い時間だが、おかげで疲労は解消されている。目を覚ましたメルティナは、すっかり身支度を調えたヴァルターを見て顔色を失った。

「ごめんなさいっ」

目覚めてすぐに思い出した。正騎士団まで出動するあの騒ぎは、自分の迂闊《うかつ》さが招いた結果だ。

発情期は過ぎているから。抑制剤を飲んでいるから。そんなふうに過信して、オメガの身体で馬車から離れるなんて馬鹿《ばか》だった。

一度目ならいざ知らず、今回は二度目だ。急に発情して、周囲に迷惑をかけたこと。

もちろん一度目はヴァルターの執務室で発情したときのことで、彼はきっとつがいの学習能力のなさに呆《あき》れているだろう。

「メル」

落ち着いた声で名前を呼ばれて、びくんと肩が跳ねた。

「団長だけではなく、正騎士団にまで迷惑をかけて……本当にごめんなさいっ」

「ヴァルターだ、メル。つがいの名前を忘れたのか？」

寝台に近づいたヴァルターは、青い顔で震えているメルティナの肩に部屋着を掛けた。鬱血が散る首筋に、すっと顔を近づける。

「ぁ……」

「匂いが薄れている。どうやら発情も一時的なものだったらしいな。調子は悪くないか？　ぐっすり眠っていたから起こそうか迷ったところだ」

「ヴァルターは……あの、騎士団本部へ行かれたのでは？」

起きた時刻と、しっかり服を着込んだ彼の姿を見てそう思ったのに、思いっきり嫌そうな顔をされた。

「相変わらず薄情だな、君は。俺がこんな状態のつがいを一人残して、屋敷を空けるとでも？」

責めるというより拗《す》ねる響きの強い声が、メルティナの罪悪感を刺激した。

つがいを信頼していないわけではない。でもそう思わせてしまったのなら、申し訳ない。

「……そんな顔をしないでくれ。言ってみただけだ」

ただでさえ小柄な身体を縮こまらせたメルティナの頬を、ヴァルターの手がやさしく撫でた。彼は寝台の上に身体をのせると、メルティナを抱き寄せ大きな身体で後ろからぎゅっと抱きしめた。

「頼むからもっと甘えてくれ。君はなにも謝る必要はない。昨日の一件も、君に落ち度はなかった」

「でも……っ」

連れ去られた件に関しては、完全にメルティナの失態だ。

油断や慢心があったことは否定できない。

しかしヴァルターはそうは思っていないらしく、つがいを抱きしめる腕を緩めなかった。

「君は善意の行動をしただけだろう。発情したオメガが連れ去られたら、連れ去った者に非があるのは明らかだ。君の妹もきっとそう言う」

「っ……アマリアは」

妹はどうしているのだろう。

発情したメルティナは、つがいに愛されることだけを望み、置いてきたアマリアのことを考える余裕がなかった。ますます罪悪感で押し潰されそうになるのを、ヴァルターの声がやさしくなだめる。

「君がいなくなったと駆け込んできてくれたのは彼女だ。ずいぶん心配していたが、救出後に無事を伝えて、ご実家まで送らせた。直接会いたいだろうから、君の体調さえ問題なければ顔を見せに行こう」

無事だと聞いて心底ほっとする。こくんと頷《うなず》いたメルティナは、そのままヴァルターの温《ぬく》もりに身を任せた。

激しい交わりも愛されていることを実感するけど、こうして抱きしめられているとふつふつと幸せが込み上げてくる。怖いものはなにもないと思えるほど、気持ちがとろけていくのが不思議だった。

「それから……先ほどリューディガーが報告に来た」

「リューディガー隊長が？」

メルティナを後ろから抱いたまま、ヴァルターはああ、と頷いた。

ヴァルターが彼女を救出している間に、ときを同じくして、リューディガーを隊長とする第三部隊がかねてより内偵調査を進めていたカラム侯爵家に強襲をかけた。

相手は貴族だ。本来であれば証拠を積み重ねて動きたいところだが、レンツェ伯爵ハインツの手紙が正騎士団の手に渡ったことにより、そう悠長なことも言っていられなくなった。

手紙には、イアン・カラムの名前が記されていたからだ。

ベータをオメガに変える薬。その薬はフェドニア王国から入手したものに間違いはないだろう。オメガたちを誘拐し、フェドニアに売り渡した犯罪者たちが取り引きしていた薬だ。

レンツェ伯爵がイアン・カラムの名を出して手紙を書いたことを知られたら、イアンや彼の父親であるカラム侯爵は行方をくらましてしまうかもしれない。

そして実際、第三部隊により捕縛された侯爵はフェドニア軍に売り払ったオメガの救出が伝えられると、隠し通すことは無理と悟ったのか、意外なほどあっけなく罪を認めたという。

イアンが下町付近にある別邸で捕らえられたのは偶然だが、結果的に事件を主導した者たちは一網打尽となった。

そのような話を、メルティナはヴァルターの腕の中で聞いていた。

ただし、手紙にイアンの名前を見つけたときから、彼女もこの結末を予想していた。ヴァルターに手紙を託したのはそのためだ。

「ハインツは……」

彼は、どうなるのだろう。メルティナのせいで、道を誤った従兄は。

ぽつりと洩《も》らしたつがいの声に反応し、ヴァルターは彼女の身体を横抱きに抱え直した。男らしい端正な顔が近くなり、はずかしくなったメルティナは視線を逸《そ》らす。

「君はやつを許す気か？　身勝手な欲望で君を……君の生きる道を、ねじ曲げた男だ」

押し殺した声に、ヴァルターの怒気を感じる。自分が叱られているわけでもないのに、メルティナの胸はぎゅっと締めつけられた。

「でも彼は、わたしの匂いのせいでおかしくなったって。ずっと、ベータだった頃からわたしの潜在的な匂いを感じていて、それで……」

アマリアを巻き込んだことは許せない。しかしハインツが、長年メルティナからオメガの匂いを感じ取っていたのなら、彼もまた被害者と言えるのかもしれない。

アルファの本能がオメガの匂いに惹《ひ》かれるのは自然なことだ。オメガとしての自覚がないメルティナは、あまりにも無防備にハインツと接していた。

「馬鹿な！」

ところがメルティナの懊悩《おうのう》を、ヴァルターは一言で切り捨てた。

「たしかに君がオメガに変わる前に一度だけ……甘い匂いを感じたことがあった。王宮舞踏会《ぶとうかい》で、二人きりになったときだ。だが誓って言う。あの一度きりだ。君に惹かれていた俺でさえ、君をオメガだと思ったことはない」

「でも……もしかしたら、自覚しないだけでずっと……」

ヴァルターもまた、覚醒しきる前のメルティナの匂いに惑わされていたのかもしれない。

いままでそんなふうに考えたことはなかったが、口に出してみるとあり得そうな気がした。

同時にメルティナの心は複雑に揺れた。もし彼女が真のベータだったら、ヴァルターに愛されていたかどうか。

「メル！　君は俺の気持ちまで疑うのか」

表情一つでつがいの考えを悟ったヴァルターは、彼女の顔を強引に覗《のぞ》き込んだ。

「冷静に考えてくれ。これまでも君がオメガの匂いをさせていたとしたら……騎士として働くことは不可能だったはずだ。実戦や訓練で、どれほどアルファの騎士たちの傍《そば》にいた？　気が立った彼らがいくら君だろうと、抑制剤もなしに無防備なオメガを襲わずにいられると思うか？　ベータである君への想いを昇華しきれず、オメガだからだと言い訳したのは、君の従兄が卑怯《ひきょう》だからだ。そうでなければ、正騎士団は今ごろ君のハーレムになっている」

「ハ、ハーレム!?」

突然の言葉に、メルティナは目を丸くした。

「そうだ。君はたしかにオメガの資質を持っていたかもしれないが、つい最近まで、オメガの片鱗《へんりん》さえ覗かせていなかった。アルファである自分が惹かれるなら、それは相手がオメガだからだなどと……そんな戯言《たわごと》は、傲慢なアルファの思い込みだ。君は騎士団内でも慕われていたが、断じてオメガの魅力によるものではない。君自身の人徳だ」

ヴァルターの剣幕《けんまく》に圧倒される。

琥珀色《こはくいろ》の瞳は真摯な輝きを浮かべ、戸惑うメルティナに訴えかけた。

「俺も、君がオメガになって喜ばなかったと言えば嘘《うそ》になる。オメガなら……君の本能にアルファとしての俺を刻みつけることができるからな。だが以前にも言ったとおり、俺が心惹かれたのはベータだった頃の君だ。誠実でまっすぐな、気持ちのやさしい君に惹かれた。性別は関係ない。たとえ君がベータのままでも、俺は君の伴侶になりたかった」

頭の中で、責めるハインツの声が響く。

すべてメルティナのせいだと。彼女がオメガの匂いをさせていたから、アルファであるハインツがおかしくなったのだと。

そしてメルティナ自身も、その言葉を信じかけていた。

やさしくて誠実だった従兄を知っているから。

彼が変わってしまったことに、理由を求めたかったのだ。

——だけど本当に、そうだろうか。

「……信じてくれ、メル。君はなにひとつ悪くない。君を傷つけた者の言葉で、これ以上苦しまないでくれ」

彼女が悪いと責める声が、真摯なヴァルターの声にかき消される。メルティナはつがいの温もりに包まれて、そっと目を閉じた。

ヴァルターの言うとおりだと思ったのだ。

これまでずっと、メルティナはアルファの騎士たちと共に過ごしてきた。その中の誰一人として、彼女をオメガとして扱った者はいない。近衛《このえ》騎士団にいた当時ですら、誰もが彼女をベータだと考えていた。

たしかに薬を飲まされる少し前から、オメガに変わる片鱗はあった。ヴァルターを目にして身体が熱り、めまいを感じたこともある。しかしそのときでさえも、ヴァルター以外の騎士たちからは、匂いのことなど言われなかった。

それに——たとえどんな理由があったとしても、薬を用意してメルティナに飲ませたのはハインツの意思だ。

「……だが俺も、君に対して常に聖人だったわけではない」

胸が苦しくなるような声に、はっと目を開く。

「君がオメガだと聞いたとき、それが君にとってどれほど深刻なことか想像もせず、俺をつがいにしろと強引に迫った。君は混乱し、怯《おび》えていたはずなのに、君を手に入れるチャンスだと身勝手にも喜んだんだ。本質的には、俺も彼と変わらない」

そんなふうに思っていたのかと、メルティナは慌てて首を振った。

「違いますっ、ヴァルターはわたしの意思を尊重してくれました。無理やりつがいにすることもできたはずなのに」

そのときのことを思いだして、頬がかっと熱くなる。

たしかに些《いささ》か強引ではあった。けれど心の底ではメルティナも、ヴァルターのつがいになりたいと望んでいたのだ。

「それにわたし……初めて発情している間、ずっとあなたに慰めてもらうことを考えていて……だからあんなふうに求められて、本当はとても嬉しかったの」

だけど彼はオメガの匂いに惑わされているだけだと思ったから、あれほど強固に拒んだのだ。これまでの信頼を失いたくなかった。

自分にはもう、それしか残されていないと思ったから。

「メル……っ」

感極まったように名を呼び、ヴァルターはメルティナの額に唇を強く押しあてた。瞼《まぶた》の上、耳たぶ、柔らかな頬。唇は甘やかな接吻《せっぷん》の雨を降らせ、そして最後に、はずかしい告白をして震えるつがいの唇をやさしく覆った。

燃え上がる情熱の炎が二人を滾らせ、くちづけはすぐに熱を帯びる。メルティナはヴァルターの首に細い腕を絡ませ、彼もまたつがいの身体を激しくかき抱いた。

離れたくないし、離れられない。

「っ、ぁ……助けに来ていただいて、ありがとうございます。お礼もまだなのに……こんな」

目尻まで真っ赤にして恥じらうメルティナを、ヴァルターはさらにくちづけで黙らせた。メルティナももう、抗《あらが》わなかった。くったりとつがいに身を寄せながら、与えられる幸せな悦びを存分に味わう。

やがてくちづけだけで済まなくなった二人は、昼間から誰はばかることなくお互いを求め始めた。

エピローグ

「いやぁ、メルにも見せてやりたかったぜ。あんときの団長の顔」

場違いなほど陽気に告げたのは、正騎士《せいきし》団第一部隊の隊長エリックだ。

メルティナが連れ去られ、ヴァルターに救出されてから五日が経過している。本日の彼女は仕事の継続について事務官と打ち合わせるため、正騎士団本部にある元の執務室を訪れていた。

やはり文書でのやり取りでは限界がある。特にメルティナは急に働き方を変えることにしたので、事務官とのやり取りにもいくつか問題が生じていた。

もちろんヴァルターとも相談し、周囲にも出勤を伝えている。不都合がなければこれからも月に何度かは、直接打ち合わせの機会を設けるつもりだ。

急なオメガ化のせいで不安定だった体調は、いまは落ち着いている。

オメガが外出するためには抑制剤を飲み、いざというときのために効果の強い薬の携帯は必須だ。それでも周りの理解のおかげでこれからも働き続けられることに、メルティナはとても感謝していた。

(完全に辞めるとなるともっと混乱させていたから……本当に申し訳ないことをしたわ)

退職を伝えたときの事務官の慌てた様子を思い出す。

メルティナは騎士を辞め、仕事を諦めることが当然だと考えていたが、それはあまりにも無責任だった。そんなことにも思い至らないなんて、あのときの自分がどれだけ狼狽《うろた》えていたのかがわかる。

おまけにヴァルターは休暇を取ったメルティナのため、仕事が溜《た》まらないよう配慮してくれていた。

それなのに自分は必要とされていないと落ち込むなんて。

(これからもたくさん働いて、恩返ししないと)

そう決意するメルティナの元には、顔馴染《なじ》みの騎士たちが入れ替わり立ち替わり挨拶に来た。中には淡い髪色に変わった彼女を興味深そうに見つめる者もいたが、オメガが騎士団に残ることをあからさまに責める者はいない。仲の良かったレベッカなど、抱きついて喜んでくれた。

同時にアルファの騎士たちにも変わった様子は見受けられず、メルティナはひそかにほっとした。

そしてエリックもまた、顔を見せに来たアルファの騎士の一人だ。

「なにしろメルがいなくなったって聞いて、何人か殺《や》りそうな顔で出て行こうとするからな。慌てて俺んとこのやつらに追いかけさせて正解だった」

ヴァルターが救出に来てくれたとき、彼以外にも騎士たちの姿があった。朦朧《もうろう》としていたメルティナははっきりと覚えていないが、第一部隊に所属する騎士たちだったらしい。

「ご迷惑をおかけして、本当に申し訳ありませんでした。ですが……殺りそう？」

「それだけすっげぇ怖い顔。ことあろうにおまえを連れ去る馬鹿《ばか》がいたら、間違いなく命はないと踏んだんだがな。俺が普段からメルに絡んだときでさえ、あんな」

途中で口を噤《つぐ》んだエリックは、言い過ぎたというような表情で顔を左右に振った。

「あんな？」

「なんでもない。とにかく……オメガたちを売ってたカラム侯爵《こうしゃく》やその馬鹿息子も捕まって、結果的にはよかったんだ。だから、あまり気にするなよ」

もしかしたら、エリックは慰めてくれているのかもしれない。

オメガになったとしても、メルティナは元騎士だった。それがあんなに不甲斐《ふがい》ない形で連れ去られ、大騒動に発展したのだ。落ち込んでいると思われたのだろう。

まだあれから五日しか経過していないが、罪を認めたカラム侯爵やイアン・カラムは爵位《しゃくい》剥奪《はくだつ》が噂《うわさ》されている。

侯爵家は貴族の地位を利用してひそかに禁輸品の売買を行い、莫大《ばくだい》な富を得ていた。それだけではなく、フェドニアの軍部と深く関わり、ルーヴェルク国内のオメガを彼らの研究のために誘拐し、差し出していたのだ。他にも貴族議会における機密情報の流出など、余罪は多い。

刑については貴人裁判による判決次第だが、国民であるオメガを他国に売り渡したのが自国の貴族だったということで、ミハイル王が厳重な処罰を望んでいる。

父親が所有していたオメガの発情薬を使い、王弟《おうてい》であるヴァルターに近づこうとした侯爵令嬢ソフィアナは、すでにカラム侯爵自身の手により、口封じのため辺境の女子修道院へと送られていた。

彼女の行動は侯爵の意図に反したもので、オメガである娘を軽んじる父親への反抗心だったらしい。

そしてレンツェ伯爵《はくしゃく》ハインツ——彼もまた、すでに爵位を弟ルドルフに譲ることが決まっている。

彼らのその後を聞くたびに、メルティナはあの日の自分の軽率さや、不甲斐なさを思う。ハインツについても、もっとできることがあったのではないかと。

ヴァルターも励ましてくれるが、負の気持ちが完全に払拭されることはない。

それでも普段は、そうとはわからないように振る舞っているはずなのに、気にしてくれるエリックの心づかいが嬉《うれ》しかった。

「……ありがとうございます」

心の底からお礼を伝えると、エリックは照れくさそうに肩をすくめた。

「まあ、なんだ。団長追っかけていったおかげで、第一部隊も手柄にありつけたしな。礼なら今度の予算配分で融通利かせてくれたらいい」

調子のいい物言いに、メルティナはぴんと背筋を正す。

「それとこれとは話が別です。予算が欲しいなら、納得できる資料をお願いします」

「はっ、相変わらず手厳しいこった……ま、これからもよろしくな」

エリックの様子から、ベータであってもオメガであっても、メルティナに対する自分の態度は変わらないという気持ちが伝わってくる。

どんな言葉を重ねられるより信頼されているのがわかって、胸の奥が温かくなった。

もう一度感謝の気持ちを伝えようとした、そのとき。執務室の扉が前触れなく開いた。

「メル……待たせたな」

「げっ、団長」

穏やかな声でメルティナを呼んだのはヴァルターだ。

王宮へ呼ばれていた彼が、用件を済ませて戻ってきたのだろう。なぜか慌てた表情をするエリックを一瞥《いちべつ》すると、ヴァルターは二人の間に割って入るようにメルティナの前で立ち止まった。

「なにも問題なかったか？」

「はい。皆さん、元気そうでよかったと顔を見に来てくださって。エリック隊長も」

「……そうか。非番なのにご苦労だったな、エリック」

感情のない声が淡々と響く。

苦笑いした金髪の部隊長は、ぼりぼりと頭を掻《か》いた。

「俺は別に……幸せそうなメルの顔、見に来ただけっすよ。じゃあな、メル」

休日なのにわざわざ会いに来てくれたのかと、メルティナは目を丸くする。しかし彼女が口を開く前に、エリックはヴァルターに目礼すると、そそくさと部屋を出ていった。

「あ……」

一瞬、腕を伸ばしかけたメルティナの手を、ヴァルターが掴《つか》んだ。彼は自分に比べて小さなその手を、すかさず口元まで運んでいく。

「ヴァルター……っ」

指先に伝わる、わずかに乾いた唇の感触。

驚いたメルティナが手を引っ込めると、一瞬だけ強い力で引き留められる。けれど逡巡《しゅんじゅん》のあと、ヴァルターは渋々と手を離してくれた。

「エリックとなにを話していた？　今度こそ教えてもらうぞ」

どこか憮然《ぶぜん》としたヴァルターの声。

言葉に引っかかりを覚えて、メルティナは首を傾《かし》げた。

「今度？　別に……仕事復帰のお祝いだけです」

ヴァルターに関する件《くだり》は、かなり誇張が入っているだろう。誰かを殺しそうなほどの形相で飛び出して行ったなんて、冷静な彼らしくもない。

そういえば、エリックとはヴァルターの話ばかりしているなと、おかしくなってくすりと笑ってしまった。

「……君は以前から、エリックとはかなり親しげだったな」

「え？　ええ。エリック隊長は気さくな方なので。先ほども以前と変わらず接していただけて、とても嬉しかったです」

素直にそう伝えると、ヴァルターの表情が険を帯びる。

彼は突然、メルティナの腰に腕を伸ばすと、そのままぎゅっと抱き寄せた。よろめいたメルティナは、ヴァルターの胸へ倒れ込む。

「な……っ」

抗議をする暇さえ与えられなかった。ヴァルターはメルティナの執務室で、いきなり彼女の唇を求め始めたのだ。

性急な舌が唇をこじ開け呼吸を奪っていく。身を捩《よじ》って逃れようとしたメルティナを抱きすくめる逞《たくま》しい腕と、筋肉の分厚く硬い胸。衝動的に目を閉じると、舌先に伝わるぬるぬると柔らかい感触に、背筋がぞわりと甘く痺《しび》れた。

口の中が彼の舌と、混ざり合った唾液でいっぱいになる。

「メル……」

寝室で聞くような低く掠《かす》れた色気のある声に、噛《か》み痕の残るうなじがきゅんとうずいた。つがいのアルファに求められて、オメガの本能が悦《よろこ》びにとろけていく。

けれど発情期でもないいまは、さすがに羞恥心の方が勝った。

「ヴァルター！　ここっ……執務室ですよ！」

強い抗議の声に、片手で頬を押さえますます食らいつくそうとしていたヴァルターは、はっと動きを止めた。咎《とが》めるメルティナの視線から逃れるように顔を背けると、深々とため息をつく。

「そう、だな。悪かった」

「もう……どうしたんですか、いきなり」

二人きりの寝室とは違い、人目のある場所だ。

つがいに対するヴァルターの溺愛ぶりはメルティナ自身も驚くほどだが、想像するだけならともかく、こんな場所で羽目を外すなんて彼らしくもない。

一度だけ、退職を伝えにヴァルターの執務室を訪れた日——あの日のことは例外中の例外だ。

「君がエリックと親しくするから、ずっと妬いていた」

「妬いて……え？」

聞き間違えだろうか。

メルティナはまじまじとヴァルターを見上げた。

凜々《りり》しく精悍《せいかん》な美貌。アルファとしての雄々しい魅力にあふれた彼は、オメガであるメルティナにとって唯一のつがいだ。

それなのに、ただの同僚であるエリックに嫉妬するなどあり得るだろうか。

「つがい、なのに？」

「いくらつがいだろうと君の心までは支配できない。俺は……くそっ、忘れてくれ。さすがにみっともないことはわかっている。狭量な男だと呆《あき》れたか？」

しばらく呆然《ぼうぜん》と聞いていたメルティナだが、淡い金髪を揺らして首を振ると、ヴァルターの手を取り、彼が自分にしてくれたように指先に唇を押しあてた。

はずかしくて頬が熱い。だけどいまは心の底から、こうしたかった。

「みっともないなんて思いません。それから……わたしにとって想う男性はヴァルターだけです」

「メル……」

自由な方のヴァルターの手が、下ろされたままのメルティナの髪をそっと梳《す》く。

それから彼は、なにかの衝動を断ち切るように首を振った。

「……フェドニアにいるオメガたちに、帰国の目途《めど》がついたらしい。いま、王宮で確認してきた」

「帰国できるようになったんですね。よかった……！」

嬉しくて思わず声が弾む。メルティナはヴァルターの手を離し、胸の前で両手を叩《たた》いた。

もちろん誘拐されたオメガたちのことはずっと気になっていた。いくら事件を首謀したカラム侯爵が捕まっても、彼女たちがルーヴェルクに戻れなければ意味がない。

「侯爵を捕らえたおかげだな。彼が握るフェドニア軍部の機密情報が、交渉の役に立った。つまりはメル……君のおかげだ」

「わたし？」

いまの話と自分の名前が結びつかなくて首を傾げる。

「君の行動によって、侯爵の捕縛が早まった。それがオメガたちの帰国にも繋《つな》がった」

「それは結果論で……しかもわたしはただ、ヴァルターや正騎士団に迷惑をかけただけです。オメガになって、これからも正騎士団の足枷《あしかせ》になるかもしれません」

未熟な行動だったと悔いる気持ちが、再びじわじわとあふれ出す。オメガになって日も浅いのに、慎重さを忘れた結果があの騒動だ。

けれどそんな心の動きを救ってくれたのもヴァルターだった。

「本当に君が迷惑をかけるだけの存在なら、ここに戻ってきてほしいと誰も思わなかった。オメガたちのことは偶然だったとしても、実際に君は、多くの人間に必要とされている。今日、君に会いに来た騎士たちがその証《あか》しだ……エリックも含めてな」

「ヴァルター……」

いつか、彼女は先例だとそう告げた彼の言葉が思い出される。

オメガであっても働ける——その結果を残すことは、メルティナにとって夢となっていた。

ベータであった頃の自分の努力を無駄《むだ》にしないために。それだけでなく、その成果によっては、ルーヴェルク国内でのオメガたちの境遇を少しでも変えることができるかもしれない。

それはまだ先の長い、本当に夢のような話だ。

けれどヴァルターだけでなく、たくさんの人たちがメルティナの決意を応援してくれる。

「わたし、頑張りますね……！」

見上げたメルティナの視線を真っ直ぐに受け止め、ヴァルターは穏やかな笑顔で頷《うなず》いてくれた。

つがいと支え合う幸せを噛みしめながら、メルティナは夢への一歩を踏み出した。

特別編1

巣作りオメガとつがいのアルファ

MELISSA

人の気配がないことを念入りに確認しつつ、扉を慎重に施錠する。

ヴァルターの屋敷にある、メルティナに与えられた一室。ここは主に彼女が仕事をするための部屋だ。

壁には天井まで届く書棚が並び、本が整頓された状態で収められている。背表紙の太い図録や外国語の書物もあり、書斎というよりまるで小さな図書室といった趣だった。

有言実行のヴァルターは、メルティナが仕事を続けると決めると、すぐにこの部屋を用意してくれた。そのときは最低限だった棚の書物も、数ヵ月が経《た》ち、いまではかなり量を増やしている。

オメガの誘拐事件が解決したあと、メルティナはこの部屋と正騎士《せいきし》団本部を行き来して仕事を続けていた。

(本当にありがたいわ……)

メルティナにとって、正騎士団での仕事は天職だ。

辞めなくてよかったと思う。

提案してくれたヴァルターや、受け入れてくれた正騎士団で働く人々には感謝しかない。彼らの期待に報いるためにも、仕事で成果を出そうと日々努力していた。

けれど今日、仕事部屋に籠もったメルティナの表情にいつものような冴《さ》えはなかった。

部屋の内側から鍵をかけると、それでもまだ不安そうな面持ちで、ある棚の前で足を止める。

そこに収められているのは本ではなく、蓋のある箱だった。木彫りの箱には鍵がかかるようになっており、両腕で抱え込める程度の大きさをしている。

目当ての箱を取り出すと、メルティナはそっと鍵を外して蓋を開いた。

「ぁ……」

箱の中を覗《のぞ》き込み、思わずこぼれたため息はどこかうっとりとした響きを帯びていた。

おずおずと手を伸ばし、内側にあるそれを掴《つか》もうとする。指先が期待で、微《かす》かに震える。

あと、少しで。

そのときだった。突然、部屋の扉が叩《たた》かれたのだ。

「……失礼いたします。メルティナ様、いらっしゃいますか?」

聞き慣れた使用人の声が耳に届く。

メルティナは慌てて蓋を閉じた。しっかりと鍵穴に鍵を差し込み、くるりと回す。素早く、けれど惜しむまなざしを投げかけつつ、持ち上げた箱を元の場所へと戻した。

「メルティナ様?」

「いるわ。ごめんなさい、すぐに開けます」

答える声に残念さがにじまないよう、細心の注意を払った。

このことは誰にも知られてはいけない、メルティナだけの秘密だ。

つがいであるヴァルターにさえも。いや、彼にこそ、こんな姿を知られてはいけない。きっと軽蔑されるに決まっている。なんと見苦しいオメガだろうかと。

冷たく輝く琥珀色《こはくいろ》の瞳を想像するだけで、全身が冷えるような気がする。

メルティナは乱れた気持ちを悟られないように大きく深呼吸すると、部屋の扉へと歩き出した。

◇◇◇

男女の性別とは異なる第二の性。

アルファ、ベータ、オメガの三つに分かれる性別の中で、メルティナはかなり特殊なオメガだ。

もともとオメガ自体が稀少《きしょう》な存在だが、その中でも後天的にベータからオメガへと変わった彼女は、やはり稀有《けう》な存在と言える。

一般的なオメガとは異なるからか、発情を抑える抑制剤が効きにくく、また副作用が大きく出ることもある。

それでも、早々につがいを得たことは不幸中の幸いだった。

オメガにとってつがいとは、心身共に満たしてくれる存在だ。つがいに愛されることで、オメガは肉体的にも精神的にも非常に安定する。

ただしメルティナの長年の思い人であったヴァルターは、もともとはオメガの伴侶を望んでいるわけではなかった。

彼は自らの伴侶を選ぶなら、本能ではなく心に従おうと考えていたらしい。

けれどそう主張した彼もオメガのつがいを得てしまえば、相手に強い執着心を見せるアルファとなった。その証《あか》しに、部下であった頃のメルティナには決してしなかった不可思議な要求をしてくることがある。

今日、このときのように。

「そうか。君は学生経験がないんだな」

浴室に響く男らしくて低い声。

熱《ほて》った身体《からだ》がぞくぞくとわななき、メルティナはきゅっと目を閉じた。

くすぐったいような、とろけてしまうようなもどかしい感覚は初めての経験ではない。けれどそれにしてはちっとも慣れず、いまだにどうしていいのか狼狽《うろた》えてしまう。

いや、そもそもこの場所がいただけない。

二人分の身体が問題なく浸かれる大きな湯船。

人肌より少し熱いお湯が、洗い終わったばかりの裸身をじんわりと温める。そのお湯には身体に良いとされる薬草の成分が溶け込んでいて、乳白色に輝き、肌にとろりと絡みついた。

そしてそれとは異なる、背中に感じるヴァルターの逞《たくま》しい体躯《たいく》。

「う……うちでは、母の知り合いの女性に家庭教師として来てもらって……一通りの作法は教えていただきましたが、あとはご存知のとおり、独学で……」

声が響くのがはずかしい。

メルティナの声は自然と小さくなる。

当時のリーヴィス子爵家《ししゃくけ》には、娘たちを貴族の子弟が通う学校に通わせる余裕がなかった。

ただし慈善に精を出す両親だからこそ教育の必要性は理解しており、娘たちから学びの機会を取り上げることもなかった。

メルティナが苦笑しながらも両親を支えたいと願う理由の一つだ。

「だから、学校っ、は……」

背後から抱きしめられているせいで、言葉が不格好に途切れる。

背中に感じるお湯とは違う感触が気はずかしい。

そして先ほど地肌を揉《も》みほぐすように丁寧に髪を洗ってくれたヴァルターの手が、今はメルティナの腹と胸に回り、ときおり不埒《ふらち》な悪戯《いたずら》を仕掛けてくる。

その度にメルティナの身体はひくりと震え、もじもじと腰を揺り動かすことになった。

「んっ……ぁ……」

発情期ならいざ知らず、それ以外の期間で一緒に入浴することは珍しい。

ヴァルターはつがいの髪の先から身体の隅々に至るまで洗おうとするので、理性を保ったままのメルティナとしては、羞恥心に悶《もだ》えることになる。

だからできる限り断っているのだが、今日はアルファの本能を理由に強引に迫られ、なんとなく押し切られてしまった。

理性的な彼が、あんなにも強くつがいの身体を洗いたいと望むなんて。

「……君は本当に努力家だな」

「いえ、そんなこと、はっ」

瞬時に否定しながらも、胸がじんわりと熱くなった。

ヴァルターに褒められると、まるで媚薬《びやく》を浴びせられたように身も心も甘くとろける。

オメガの身体になって、それがますます顕著だ。

おまけに彼はメルティナをつがいにしてから、称賛の言葉を少しも惜しまない。こんなことでと思うような些細《ささい》な出来事でも、君は素晴らしいと褒めてくれる。

正騎士として仕えていたとき、上司としてのヴァルターを尊敬していた。

それは恋情とはまったく別の感情で、配下の騎士たちを捨て駒のように扱わず、彼らの上に立つ者として分け隔てなく接し、時に叱り、時に功績を称《たた》える彼を、理想の上司だと慕っていたのだ。

だから褒められたときは嬉《うれ》しくて、もっと彼の力になりたいと思ったものだ。

けれどその頃といまとでは、明らかにヴァルターの声が、言葉が、部下に向けるものではなくなっている。

つがいを慈しみ、甘やかそうとするアルファの熱情。メルティナもそれを感じてしまうから、身も心もますます溶けていく。

「謙遜は不要だ。俺のメルが努力家で勉強熱心なことは、誰よりも俺がよく知っている。正騎士ならともかく、近衛《このえ》騎士として必要とされる知識を家庭教師が教えてくれた……というわけではないだろう？」

「それは、そうですけど」

近衛騎士団は貴族の子弟が配属され、王族や王宮を守ることに特化した組織だ。

後ろ盾のないメルティナが実務で役に立とうとすれば、貴族としての礼儀作法だけでなく、算術や世情に関しての幅広い知識、語学等も必須となる。

淑女教育のための家庭教師では、すべてを網羅することはできない。

「でも王立図書館がありましたし……あのような場所は素晴らしいですね。学ぶ心があれば、誰にでも門戸が開かれています。王家の皆様のおかげです」

古今東西の書物が収められた王立図書館は、貴族だけでなく平民も立ち入ることが許されている。

思い出して頬が緩んだところで、ちゃぽん、とお湯の音が響いた。

大きな手で湯を掬《すく》い上げたヴァルターが、メルティナの肩へ垂らしてくれたのだ。

心地よさにうっとりとため息をついたつがいのために、彼はもう一度湯を掬ってくれた。

「……君のつがいは王族だ。いずれは君も」

「ええ。相応《ふさわ》しくあれるよう、努力したいと思います」

アルファの王族がオメガのつがいを迎えると、必然的に伴侶と見做《みな》される。

身分や立場を言い訳に辞退できるわけではないので、その点についてはメルティナも覚悟していた。

「前向きなのも君の美点だが、無理をする必要ないぞ」

「それもわかっています。でも、わたしがもっとあなたに相応しい人間になりたいんです。アルファのつがいに相応しいオメガなだけではなくて……ヴァルターに相応しい、わたしに」

「メル……」

ちらりと振り向いたメルティナの頬に、ヴァルターの手が触れた。

熱情揺らめく高貴な琥珀色の瞳。見つめ続けていたヴァルターが自分のつがいであることに、オメガであるメルティナの胸はどうしようもなく甘くうずく。

窮屈な姿勢のまま身体をかがめた彼の唇が降ってきて、唇同士がそっと重なった。

「っ……」

鼓動が跳ね、触れ合った唇から広がる熱で全身が燃え上がる。

「あん……待っ……ヴァルターっ」

昂《たかぶ》った腰を強引に押しつけられて、メルティナは喘《あえ》いだ。

「煽《あお》ったのは君だ、あんなふうに可愛《かわい》いことを言うのが悪い」

「わたしはただ……そう、学生の頃の話！　ヴァルターの話を聞いていたはずなのに、あっ、ちょっと、待って……」

みだらなことを始めようとする手を咄嗟《とっさ》に掴む。

さすがに本気を出したヴァルターに押さえ込まれてしまえば抵抗できない。体格差もあるが、オメガがつがいに求められて、拒めるはずがないのだ。

だからこそまだ、彼は戯れているだけだと判断する。求められることは吝《やぶさ》かではないし、発情期でなくても睦《むつ》み合いたいのはメルティナも同じだが、こんなに明るい場所で乱れることには抵抗があった。

いまだって、後ろから抱きしめられているから、まだ耐えられるのに。

「あれはほぼ兄上の付き添いだ。貴重な時間ではあったが、君に話して聞かせるような面白いことはなにも」

「王立学院は共学ですから。ヴァルターだったらきっと、ときめくような出会いも経験したのではありませんか？」

「……それは嫉妬か？」

「は？　え……」

まだ動こうとする彼の手を必死に押さえていたメルティナは、ぽかんと口を開けた。

彼女自身にそのような意図はない。

けれど嫉妬、そう告げたヴァルターの声はとても嬉しそうだ。

「メル、君が気にするようなことはなにもなかった」

「あ、はい……あっ」

バシャン、と大きな音と共にメルティナの身体は軽々と持ち上げられる。

抵抗する間もなく向かい合わせに下ろされて、メルティナの視界にヴァルターの身体が映った。水滴を浴びてきらめく筋肉、見惚《みほ》れるほど雄々しく美しいつがいのアルファ。

その彼が、メルティナを引き寄せる。

「だめっ……本当に、はずかしいから……待って」

「なにがはずかしい？　君を求めておかしくなっている俺のことなど見慣れているだろう？」

「そういうことじゃ……んっ、あ……」

浴室も湯船もたっぷりと広いのが悪い。

多少の無茶な姿勢ならできてしまう。向かい合わせに座ったメルティナの足を動かし、背中を支え、ヴァルターの身体が密着する。

さらに感じる彼の昂り。

先ほどよりもヴァルターの本気を察して、メルティナはぷるぷると首を振った。

裸の彼を見ることも、隠すものもなく自分の裸を見られることも、やはりはずかしい。

「妬いてくれたわけではないのか。常々思っていたんだが、君は自分のアルファに対する独占欲が薄いな」

「そんな、ことは……あっ、だめ」

ヴァルターの手がメルティナのお尻を掴み、やわやわと揉みしだく。

オメガになる以前は女性らしい丸みに欠けていたメルティナの身体だが、いまは全身に柔らかな肉がついている。特に顕著なのが胸とお尻で、ヴァルターはその感触をたしかめるように手に力を入れた。

「やっ……揉まないで」

「なぜだ……ああ、くそっ。発情期はまだ先のはずだろう？　それなのに君の身体から雄を誘う甘い匂いがする。俺ばかり夢中になるのは不公平だと思わないか？」

「わからな、やっ……はずかしいの……っ」

抱きついて、もう一度はずかしいと訴えた。

浴室に響く声、ぱしゃぱしゃと跳ねる水音。明るい中、想い人の眼前で乱れることを思うと頭の中が沸騰しそうになる。

メルティナを腕に抱いたまま、ヴァルターはしばらく無言で荒い呼吸をくり返した。

熱い息が肌にかかり、興奮を兆したようにメルティナはぶるりと震えた。

「……ここでなければいいんだな」

オメガのメルティナとはあまりにも違う、筋肉に覆われた身体に抱きしめられ頭の奥がくらくらする。

浴室の熱気と二人の間で迸《ほとばし》る情熱に、のぼせているのかもしれない。

メルティナは小刻みに頷《うなず》いた。

「明りを消して……寝室、なら……」

「わかった」

人一人持ち上げているとは思えない身軽さでヴァルターが立ち上がる。

温かな湯から出たというのに、抱え上げられたメルティナの身体は相変わらず熱っていた。

「やっ……もう、や……ヴァルター……」

寝室へと運ばれ、寝台の上に降ろされてからも情けないほど感じ入った声で、メルティナは啼《な》いていた。

うなじに触れる熱い吐息――つまり浴室にいたときと同じ姿勢で、ヴァルターは彼女を抱いたままずっと首筋に顔を埋《うず》めているのだ。

浴室を出て言い訳程度に拭いた互いの身体は、湯船に浸かっていたときよりも発熱しているようだ。

濡《ぬ》れた髪をかき上げて、唇が肌に触れる。ときおり舌が這《は》い、軽く歯を立てられることもある。

そのたびにメルティナは、もどかしくて切なくてひんひんとよがり泣いた。

「どうして……あぁっ」

素肌のメルティナをしっかりと抱きかかえる右腕。その反対の腕は下肢へと伸ばされ、太い指が濡れそぼつ蜜口をくちゅくちゅと弄《いじ》くる。

発情期でなくとも濃厚な愛撫《あいぶ》を続けられたら、感じやすいオメガの身体はひとたまりもない。

あっという間に燃え上がり、満たしてほしくてたまらなくなる。

「ぁ……いや、いやぁっ」

ちゅぷん、と花びらを割って奥へと差し入れられた指が、そのまますぐに出て行ってしまう。

刺激を取り上げられて切なくて、メルティナの中がきゅっと締まる。奥から蜜が滾々《こんこん》とあふれ、お尻の下のシーツを濡らしていく。

メルティナはいやいやと首を振った。

うなじを、噛《か》んでほしい。噛んで、奥までもっと触って。

「君が俺を焦《じ》らすからだ。つがいになったのに……君は俺にまったく執着してくれない」

「してる、のに……あぁ、お願い、ヴァルター……っ」

「君が求めてくれるのは、発情しているときと、こうして焦らしているときだけだ。だから……もっと俺に焦れる君が見たい」

「そんな、あ……っ！」

じゅぷ、と花襞《ひだ》をかき分けて奥へと入り込んだ指が、くの字に折り曲げられ中を刺激する。

その上ぷっくりと尖《とが》った花芽をやさしく転がされ、細い太ももがびくびくと跳ねた。

全身が快楽に浸蝕《しんしょく》されていく。

「あっ、ぁ……も……いくっ」

「だめだ。まだ」

「ぁ……」

指を引き抜いて刺激を取り上げられ、代わりにうなじをねっとりと舐《な》められる。

同時に淡い色合いの胸の頂をいたずらに捻《ひね》られ、メルティナの視界は潤み、溶けたように曇った。

気持ちいいけど、これだけでは物足りない。

「ひど、い……っ」

「興奮した俺に求められるのははずかしいんだろう？」

「ちがいます、明るいのが……いやで……」

「違わない。そうやって君は……まだ理性を残している。俺一人を狂わせて」

「あっ……！」

うなじにきつく歯を立てられ、目の前が真っ白になった。

全身に鋭い快感が突き抜け、身体を硬直させたメルティナは瞳を濡らしたまま、かはかはと喘ぐ。

絶頂にはまだ足りない。でも、アルファのつがいに噛まれて嬉しい、幸せ。自分は彼のオメガだと実感する。

早く、もっと深く交わりたい。

「メル……ああ、また匂いが強くなったな。俺が欲しいか？」

「ヴァルター……ぁ……」

増やされた指が蜜を掻《か》き出すように抜き差しされる。

すでにそこは、粗相をしたように濡れていた。

メルティナは背後にいるヴァルターに背中を預けて、太ももをさらに大きく開いた。そのまま彼の腕を掴み、うずいて仕方のない場所へ強く押しあてる。

「ここ、もっと、してぇ……」

「っ……メルっ」

メルティナの手を解くと、ヴァルターは寝台の上へ彼女を仰向けに寝かせた。

いや、押し倒したというのが正しい。

乱暴な仕草で組み敷くと、膝の裏側に手を滑らせ大きく開かせる。淫欲に思考を支配されているメルティナは、彼の為《な》すがままだ。

「いまははずかしくないのか？　こんなに身体を真っ赤にして……ここも、早く俺を喰《く》いたそうに涎《よだれ》を垂らしている」

「ひど……」

「ひどいのはどっちだ、俺はっ……だめだ、泣かないでくれ、メル。俺が悪かった」

無慈悲な言葉にメルティナの瞳からぽろぽろと涙がこぼれ落ちる寸前、ぎょっとしたように謝罪したヴァルターが、頬に唇を寄せてきた。

同時に彼の反った昂りが、秘められた場所へと押しつけられる。

メルティナは甘えるように喉を鳴らした。

「泣くな……言い過ぎた」

「っ……いじわる、しないで」

「ああ。もうしない。君が望むだけここを俺で満たしてやる」

情欲まじりの、けれどいつもと同じやさしい声でささやかれて、メルティナはほっと息をついた。

まるでその瞬間を見計らったかのように、ヴァルターが力強く腰を進めてくる。

「あ……っ」

指とは違う長大なモノが、熱って潤んだオメガの身体に突き立てられた。

瞼《まぶた》の裏に火花が散るような快楽に、メルティナは喉を反らして細く喘ぐ。

みだらな身体がつがいを逃したくないと、締めつけ、絞り取る動きをするのがわかる。呻《うめ》いたヴァルターは腰を引き抜くと、さらに奥底を狙って性急に突き入れ始めた。

「……メルっ、こんなに締めつけられたら保《も》たない」

「でも……気持ちよくて、あぁ……いくっ、奥、あ、ぁ……っ」

ヴァルターの動きに合わせてつたなく腰を揺らしながら、焦らされ続けてきたメルティナは絶頂に駆け上った。硬くて太い雄の形に支配されて、身体中が悦《よろこ》びに満ちる。

血の気が引くような酩酊《めいてい》に浮かされながらも、くちづけが欲しくて、メルティナは夢中でヴァルターの首筋に腕を伸ばした。

「メル……」

苦しげに呻いたヴァルターだが、つがいの望みを感じ取るとすぐさま唇を重ねてくる。自分より大きな唇にかぶりつくように貪られて、メルティナも必死に舌を絡めた。

お腹《なか》の中に埋められたままの剛直が、窮屈そうに奥を刺激する。

「んっ……ふぁ……」

メルティナの肌は汗ばみ、つがいを誘うオメガの芳香を漂わせている。

けれど余裕がないのはヴァルターも同じだ。陽に灼《や》けた彼の肌も熱を持ち、玉の汗が浮いている。

その互いの肌を擦《こす》り合わせるようにして、より深く腰を押しつけ合う。

つがいの極上の身体を貪りながら、正騎士団の訓練では呼吸も乱さないヴァルターの息が上がっていく。

「メル……俺が好きか？　君も俺を求めてくれるか？」

金色の光を宿す瞳に情熱的に見つめられて、メルティナのお腹の奥が切なくうずいた。

開かれた隘路《あいろ》が、恋い慕うようにぎゅっと雄を締めつける。

「こら」

「だって……あぁ、っ……好き、です……」

その気持ちに偽りはない。

ずっと、オメガになるより前から彼のことが好きだった。

伴侶になるなんて大それたことは願わず、ただ想うだけで幸せだった。

それがつがいになるなんて、いまでもまだ不思議なのだ。

ヴァルターはメルティナの耳朶《じだ》にねっとりと舌を這わせると、愉悦に震える彼女の奥を小刻みに突き上げる。

「本当に？　君の口からもっと聞きたい」

「好き……好き、あっ……ァ、そこばっかり、しないで……」

「ここが好きな場所だろう？　とても……好《よ》さそうだ。奥もうねって」

強烈すぎる快感にメルティナは喘ぐことしかできない。

身体を起こしたヴァルターは、魅力的にくびれたつがいの腰を掴むと、容赦なく揺さぶり始めた。

うっとりと笑う彼の顔を伝う汗が、ぽたぽたとメルティナに落ちる。

その刺激にすら感じてしまい、メルティナはぞくぞくと全身を震わせた。

「ひっ……あっ……っ、ぁ、あ……っ」

「メル……もっと、俺を……好きだと言え」

膝の裏を掴まれて、強く下から突き上げられる。

抜き差しされる熱塊《ねっかい》に、あふれる快楽が止まらない。

弱い最奥を捏《こ》ねられると目の前に火花が飛び、淡い金髪を振り乱してメルティナは悶えた。

「好きですっ、ヴァルターが……あっ、もぅ……っ」

「もっと、だ……っ」

「好き……すきぃ……っ、ヴァルター……あぁぁぁっ！」

耳を塞ぎたくなるほどのぐちゅぐちゅといやらしい水音に、か細い嬌声《きょうせい》と荒々しい呼吸が混ざり合う。

一足先に絶頂に飛んだメルティナをなおも深々と貫き、ヴァルターは激しい律動をくり返す。

その姿はまるで、飢えた獣が捕らえた獲物を貪るようだ。

そして、そのままメルティナを何度も絶頂に追いやった末、彼女をきつく抱きしめると腹奥深くに欲望の飛沫《しぶき》を迸らせた。

「あっ……はぁ、熱い……」

「まだだ……メル、まだ……」

「あぁ……」

つがいを孕《はら》まそうとする執念のような長い射精の間、メルティナはうっとりと惚《ほう》けた声を上げ続ける。お腹の奥が温かく満たされ、多幸感に支配されて再び絶頂へと舞い上がる。

「愛してる」

耳朶に響く情熱的な告白は、身体だけでなくオメガの心まで甘くとろけさせた。

満ち足りた身体を弛緩《しかん》させ、メルティナは幸福の内に意識を失った。

「メル……メル」

背後から弱りきった声が聞こえてくるのを、メルティナは頑《かたく》なに放置している。

横向きに寝そべる彼女のうなじには、つがいの吐息が触れてぞくぞくと肌を粟立《あわだ》たせる。けれど、そんなことは関係ない。

「怒らないでくれ。たしかに俺がやり過ぎた」

懇願めいた言葉に、彼を愛し、それ以上に崇拝しているメルティナの心は揺らぐ。

つがいであるヴァルターにこんな声を出させるなんて。

いや、でも。彼が昨夜のようなことをするのが悪いのだ。

「は、はずかしいのに……あんなに、焦らして」

咎《とが》める声は、気安いゆえの甘えた響きを帯びていた。

「悪かった。君の反応があまりにも可愛すぎて」

「理由になってません。やめて、って伝えたのに……」

いつものメルティナなら、ヴァルターに謝罪されたらすぐに折れていただろう。

なにしろ相手は彼なのだ。

大好きで——慕わしい気持ちがあふれて、ずっと彼に仕えようと決意していた人。オメガになったメルティナの危機を救い、つがいにしてくれた人。

それに彼女の家族を助けて、共に支えてくれる人。

だけど今日だけは、許すよりも怒りの気持ちの方が勝った。

――いや、あるいは拗《す》ねているのかもしれない。下手に出てくれるつがいに甘えて。

「メル……すまない。どうしたら顔を見せてくれる?」

窓から差し込む光は、燦々《さんさん》と明るい。

本日のヴァルターが休暇であることも、メルティナの意識に影響を与えていた。

少しくらい困らせたって大丈夫――だって本当にはずかしかったのだから。

怒っている姿を見せなければ、彼は理解してくれない。明るい場所で睦み合うのははずかしいし、発情期でもないのに焦らされておかしくなった姿を見られることも、とても辛《つら》かったのに。

「メル」

まだ、許した顔を見せてはいけない。

それは正騎士団の団長補佐官として共に仕事をしていた頃のメルティアであれば、けっして現れなかった頑固さだ。

いや、そもそも当時のヴァルターであれば、あんなに慎みのないことをメルティナに要求しなかった。アルファであること、つがいであることを理由に、お風呂で悪戯をして、寝室で理性を失うまで悶えさせるなんて。

焦らしている、彼ばかりが夢中だというのも、とんでもない言いがかりだと思う。

メルティナだって嫉妬くらい人並みにするし、つがいになっても恋い慕う気持ちは変わらない。

それに彼女の隠れた悪癖を知ればヴァルターだってきっと。

「あ……」

背後にあった気配が遠ざかる。

ヴァルターが身体を起こして、寝台を下りたのだ。

気づくのに遅れたメルティナは、彼に背を向けて丸まったままだ。

ヴァルター、と声をかけたらよかった。しかしその判断をするより前に、彼はメルティナを置いて寝室を出て行ってしまった。扉の閉まるバタンという音に、心臓が締めつけられる。

一人にされたと気づいて、こめかみがどくどくと脈打つ。

オメガのメルティナが意地を張って頑なすぎたから、アルファのつがいに置いて行かれた。

「ヴァ、ル……」

まるで全身が凍りついたように身動きが取れない。

これがアルファに拒絶されたオメガの反応だとメルティナは知っていた。

ベータであった頃の彼女であれば、いくらヴァルターに捨て置かれても呼吸さえままならなくなることはなかっただろう。

胸が締めつけられ、身体が凍え四肢が震えるのは、うなじを噛んでくれたつがいを怒らせ置いて行かれたから。オメガなのにつがいに逆らったからだ。

どうして。

だってヴァルターが、羽目を外してひどいことをするから。

――彼はつがいの世話をしたいと、髪や身体を洗ってくれただけなのに？

違う。お風呂で戯れて、でもそれはつがいを愛《いつく》しむアルファの性《さが》だと知っていたのに。散々甘やかされて、勘違いしてしまったのだ。

もっと甘えても、許してもらえると。

つがいに愛されていた、傲慢なるオメガの思い込みで。

「っ……は、ぁ……」

普段のメルティナであれば、オメガの本能による反応も、ある程度冷静に感じることができた。つがいにつれなくされたオメガとはこのように反応するのかと、乱れる心の動きを興味深く思っただろう。

それは後天的にオメガになったメルティナならではの感覚だ。

心と身体の反応を客観視し、精神的なバランスを保つこと。

けれど今日はなぜか、それができない。

（……大丈夫、ただ背を向けられただけ）

メルティナの頑なさに怒ったのだとしても、話し合えばわかってくれる。きっと許してくれる。彼は、ヴァルターだから。

懸命に思い込もうとするのに、ますます喉が塞がって身体の内側まで冷えていく。

ヴァルターだから。そうやって甘えるのがいけないと自覚したはずなのに、まだ甘えている。彼が甘やかすから、すっかり慣れきってしまった。

それなのに彼は背中を向けて出て行った。

「ヴァル……ター……っ」

身体を起こそうとするのに起き上がれない。目の前が暗く霞《かす》んでゆらゆら揺れる。

気持ち悪い。異様なほどの自己嫌悪に吐きそうになる。

オメガの本能が、つがいに捨てられて悲しいと荒れ狂っている。つがいに逆らってはいけなかった。機嫌を損ねてもいけなかった。

ああ、でもそれならメルティナの意思はどうなるのだろう。

「メルっ……!?」

恐慌状態に陥りかけたメルティナの耳に、扉を開ける音が聞こえた。

ヴァルターが戻ってきたのだ。

即座に振り向いた彼女の視界に、トレイを持って立ちつくす凜々《りり》しいアルファの姿が映る。

彼はメルティナを見限って置いて行ったわけではないらしい。トレイの上にはティーセットが載っている。メルティナが好む花の香りがする紅茶。

「どうした……顔色が。気分が悪いのか!?」

もう大丈夫。ヴァルターが戻ってきてくれたから。

それに彼はメルティナを捨てたわけではなく、彼女の機嫌を取るためにモーニングティーを用意してくれたらしい。わかって、呼吸が楽になる。

けれどまだ、指先は冷たいままだ。

「メルっ。俺のせいか？　本当に悪かった。君の気持ちも考えず無理強いをした。一人で先走って……くそっ、唇まで真っ青だ。調子が悪いなら医者を呼ぼう」

慌てた様子でトレイをテーブルの上に置いたヴァルターが駆け寄ってくる。寝台に戻った彼は、メルティナの冷えた頬や唇を怖々と指先でなぞった。

そんな大層な、と笑い返す余裕がメルティナにはない。

ただ安堵《あんど》に瞳を潤ませ、つがいを見上げる。

琥珀色の瞳に自分の姿が映ることが、とても嬉しかった。

「……大丈夫、です」

「どこがだ！　もしかして昨日から調子が悪かったのか？　それなのに俺は」

「本当に大丈夫なんです。お茶を運んでくださったのでしょう？　それをいただいたら、きっと温まりますから」

「だが」

納得がいかない様子のヴァルターだったが、メルティナが弱々しく笑いかけると息を呑《の》んで身を引いてくれた。

――ヴァルターに寝室までティーセットを運ばせて、その上淹《い》れてもらおうとするなんて。騎士として働いていた頃なら想像もできないような贅沢《ぜいたく》だ。憧れの人が、メルティナのためにお茶を用意している。

カップに紅茶を淹れる後ろ姿を見つめながら、捨てられたわけではないことを実感してほっと息をつく。

「メル、これを……本当に医者は必要ないんだな？」

過保護すぎるのも世話を焼きたがるのも、アルファの本能が強すぎるせいだろう。ベータのときには知り得なかった、強烈な本能の衝動はメルティナ自身にも身に覚えがある。

それなのに彼女は拗ねて甘えて、ひどい態度を取ってしまった。

ソーサーごとティーカップを受け取り、メルティナはこくんと頷いた。

「はい。それからわたしも……大人げない態度を取ってしまい、申し訳ありませんでした」

「やめてくれ。俺が君に甘えて無茶をしただけだ」

「甘え、て……？」

甘えたのはメルティナの方だ。つがいの度量を試すように拗ねてみせて。

けれどティーカップを渡したヴァルターは、寝台の横に立ち、苛立《いらだ》ちと戸惑いが入りまじるような表情でがしがしと黒髪をかき上げた。

「君をつがいにしてからずっと浮かれている。自分でもわかっているのに、どんな君でも可愛く見えて自制が利かない。君に甘えて、みっともない姿ばかり見せているな」

「そんなこと」

ない、と言いかけたのに、その言葉を遮るように彼は首を振った。

「俺はアルファで君のつがいだ。たしかに君のうなじには、俺の噛み痕がある。だが、メル」

メルティィナを見つめる琥珀色の瞳の奥底には、金色の炎がめらめらと燃えているようだった。

情熱的なまなざしに、うなじがじわりとうずく。

「君がベータだった頃から俺は君に惚《ほ》れていた。君以外の伴侶は必要ないと……だが、オメガになった君をつがいにしてからは、いままで以上に君への想いに抑えが利かない。俺だけの、俺一人のものにしてしまいたくてたまらないんだ。あさましいアルファの欲だとわかっていてもな」

「ヴァルター……」

やはり自制心の強い彼でも、理性では抑えられない本能の衝動に戸惑っているのだ。

そんな彼に強く文句を言ってしまったことを悔いる気持ちと、それほどまでにつがいに想われているのだと誇るひそかなオメガの悦びがない交ぜになり、メルティナの胸をひたひたと満たした。

「おまけに昨日も言ったが、つがいになったのに俺ばかり夢中になっていくような気がする。君は、君のアルファに執着してくれない。だから……よけいに、追いつめるようなことをしてしまった。もちろん悪いのは俺だ」

自分が悪いと言いながらも、彼の瞳は相変わらず揺らめく炎を宿している。

見つめられていると喉がカラカラに渇くような気がして、メルティナは震える手でティーカップを持ち上げた。

大好きな花の香りがするお茶。ヴァルターはメルティナの些細な好みまで覚えていてくれる。

本当につがいへの想いが強いのだ。

目覚めの紅茶で唇を潤すと、身体の芯もほっと温かくなる。

「……わたしもその、執着していないなんてことはありません。ヴァルターのことが好きです」

「それでも嫉妬はしないだろう？　俺も誤解させるようなことはしないと誓う。だが……」

それも誤解だと、メルティナは首を左右に振った。

「ベータだったとき、いずれはあなたがオメガの伴侶を迎えると思って……寂しく思っていました」

普段ならこんな打ち明け話、はずかしくてとてもできない。

けれどいまは、不安そうなヴァルターに、想っているのは自分も同じだと伝えたかった。

まだ、すべてを打ち明けることはできないけれど。

「寂しく、か。俺の想いはそんなものでは……いや、いい。君に気持ちを押しつけないと決めたばかりなのに、度し難いな、俺は」

ヴァルターが寝台の端に腰をかける。

そして血色の良くなったメルティナの頬を見つめて、安心したように息を吐いた。

「気分はどうだ？　本当にもう大事ないか？」

「はい、大丈夫です。そんなに心配しないでください。そこまで病弱ではないんですよ」

オメガに変化したことで体質が変化し、合わない抑制剤の影響もあり、体調を崩すことが多かった。けれど元来、メルティナは丈夫な質《たち》だ。騎士としての任務についていたのだから、並の女性よりも健康には自信がある。

だからこそままならない身体を思うと、暗澹《あんたん》たる気持ちになるのだが。

「だが、発情期は別だろう?」

「それは……まだもう少し先の話です」

精神的にも肉体的にも弱くなる期間。

抑制剤で多少は緩和するが、あの時期だけは寝室から出ることができなくなる。

けれど答えたメルティナの声を聞いて、ヴァルターはなにかを探るような、訝《いぶか》しげな目つきをした。

「……昨日、君の身体から本当に俺を誘う甘い香りがした」

「そう、ですか?」

たしかにヴァルターに触れられると身体は熱くなったが、はずかしいことに発情期でなくてもあのような反応は珍しくないので、メルティナ自身に自覚はない。

それにヴァルターに捨てられていなかったと自覚してからは、心身共に落ち着きを取り戻している。

「いまもですか?」

「いいや。だが……また周期がズレることもあるかもしれない。できれば外出は控えてくれ」

「え、ええ……はい。念のため薬を飲んでおきましょうか？」

「それはいい。薬を使って君の身体に負荷をかけたくない。抑制剤はあくまでも緊急用に使ってくれ。屋敷の中にいれば問題ないし、なにかあっても俺が……と、言えればよかったんだがな」

ふと難しい表情をするヴァルターに、メルティナは微笑《ほほえ》んで見せた。

明日からの三日間、彼は正騎士団の第六部隊が駐屯する砦《とりで》に向かい王都《おうと》を留守にする。

屋敷に戻ってこられない以上、仮にメルティナが発情したとしても慰めてくれるつがいのアルファは存在しない。

けれど大丈夫だろうと、彼女は楽観的に考えていた。ヴァルターの言葉どおり、いざというときは抑制剤を使えばいい。一般的なオメガなら、皆そうしているのだから。

わずかに温《ぬる》くなった紅茶を、最後まで喉に流し入れる。

「大丈夫です、きっと。屋敷を守り、お帰りをお待ちしております」

ヴァルターは眉根を寄せて物言いたげな顔をしている。

男らしく端整な顔立ちの彼がそういう表情をすると、えも言われぬ色気が漂う。

そのようなつがいにひそかに見惚《みほ》れていることをおくびにも出さず、メルティナはきっぱりと言い放った。

自分の身体のことだから大丈夫だという気持ちと、心配を残したままヴァルターには旅立ってほしくないという気持ち、半々の思いがある。

ヴァルターはまだなにか言いたげだったが、結局メルティナの言葉を聞き入れて、それ以上このことについてなにも言わなかった。

しかし早々に、メルティナは自分よりつがいであるヴァルターの方が、彼女の身体のことをよくわかっていると思い知った。

彼が旅立った当日の昼には自分でも発情の予兆を感じ、さらに翌日には身体の熱りを常に意識するようになったのだ。

オメガの発情期とは急激に来るものではない。段階を踏み、徐々に発情が強まる。

自分自身でも理解できないほどの本能の衝動に悶え狂うのは、そのうちの一日か二日だ。あとはまた徐々に収束し、平静を取り戻す。抑制剤を使うなら、さらに影響は少なくなる。

ベータからオメガになったメルティナにしてもそれは同じで、だからこそ数日間ヴァルターが不在でも大丈夫だと考えた。

一番辛い時期には、彼は戻ってきてくれているだろうと。

しかし、その考えが甘すぎたのだ。

「最悪……」

普段、めったに言わない愚痴をこぼす。

ヴァルターの不在に関してのことではない。ままならない、自分自身の身体についてメルティナは苛立っていた。

本来、オメガの発情期とは定期的な周期でくり返す。

しかしオメガに変わったばかりのメルティナの身体は不安定だ。刺激によって急な発情状態に陥ることもあれば、発情期と発情期の間隔が短すぎるときもある。

自分でもどうしようもない体質のせいで、仕事の予定が確実に組めないことが地味にストレスだった。いまだって、抱えている仕事がいくつかある。

（ヴァルターだけでなく、みんなに甘えることになるから……）

発情期を理由に、仕事への妥協はしたくない。

事情をわかって協力してくれる人たちの存在はありがたいが、メルティナがそれに甘えるのはまた別の問題だ。

オメガであっても問題なく果たせると知ってもらいたい。その一心で、メルティナは与えられた部屋に籠もって普段以上に仕事に精を出した。幸い、いつもであれば彼女が仕事にかかりきりになると注意してくるヴァルターは不在だから、時間はたっぷりとある。

なんとか発情がひどくなる前に――そう決意してやり遂げた。持ち込んでいた仕事をすべて片付け、必要なものは正騎士団本部へ届けるよう手配する。

そしてヴァルターが戻ってくる前日、期間は前倒しになったが、発情期を理由に休暇に入った。

「しかし、よろしいのですか？　せめて正騎士団にだけは連絡を入れておきませんと」

「どうせ明日には知られてしまうし、殿下《でんか》のつがいとして仕事の邪魔だけはしたくないの」

水や栄養補給のできる簡易な食料、他にも最低限のものだけを用意して寝室に籠もると告げたメルティナに、執事は予想どおり難色を示した。

使用人たちは、メルティナの体調に問題があればヴァルターに報告するよう指示を受けている。けれど他のことならともかく、今回のことはただの発情期だ。知らせたところで心配させるだけだし、万が一彼が予定を切り替えたら多くの人に影響が出る。

執事もそれはわかっているはずだ。

それでも本来、使用人は主人であるヴァルターの命令に従う。

ありがたいことに、そのヴァルター自身がメルティナの命令を最優先にするよう指示しているからこそ、このような相談ができた。

「大丈夫、報告はわたしが止めたと説明して、誰にも罰が与えられないようにするから」

「そのようなことを気にしているわけではございません」

執事は呆れたように深々とため息をついたが、メルティナの言い分にも理があると思ったのか、結局彼女の指示に従ってくれた。

耐えるといっても今日だけのこと。

砦に向かった部隊の帰還が遅れるといった連絡はないので、明日にはヴァルターが戻ってくる。

だから大丈夫だと、こっそりと仕事部屋から寝室に運んだ木箱を抱いて、メルティナは自分に言い聞かせた。

◇　◇　◇

闇夜に浮かぶ神々しい月は、誰かの髪を思い出させる淡い金色をしていた。

野営地の天幕を出て暗闇に立つヴァルターには、ささやかな月明かりさえ眩《まぶ》しく映る。

まるで彼にとってのメルティナのようだ。

（メル……）

いつも傍《そば》にあった彼女の気配がない。

騎士を辞したメルティナを、国境にある砦での演習に付き合わせることはできないからだ。代わりに彼女はヴァルターの屋敷で、彼の帰りを待っている。

ヴァルターの最愛のつがいとして。

（それなのに俺は……情けない）

月のように控えめな彼女を好いていた。

自己主張は薄いが、向上心もそれに見合う能力もある素晴らしい女性だ。いつしか信頼する部下ではなく唯一の女性として手を伸ばしたいと思うようになった。

彼女の笑顔を、ほかの男には渡したくないと。

けれどその後に様々な事件が起こり、メルティナはベータからオメガになった。アルファであるヴァルターが、心で求めるだけでなく、本能の衝動のまま愛せる存在に。

ヴァルター自身が望んでいたわけではないが、伴侶として周囲を納得させやすくなったのは事実だ。それでもベータであろうとオメガであろうと、メルティナを想う心にはなんの影響もないと考えていたのに。

「メル……」

まるであの月のように手の届かない夢幻の花。

ときどき、そう感じてしまう。

オメガにとってつがいのアルファとは、彼らの人生に多大な影響を与える存在だ。肉体的にも精神的にも依存するため、執着し、独占したいと願う、かけがえのない存在。

けれどこれまでベータであったからか、メルティナはヴァルターに対する執着心が薄い。つがいへの独占欲など、垣間見《かいまみ》たことさえない。

一方で、メルティナに対するヴァルターの感情はどんどんとおかしくなる。

組み敷いて、繋《つな》がって、永遠にあの細いうなじを噛み続けていたい。

離れたくないのだ、一秒たりとも。

手を放した瞬間、彼女がどこかへ消えてしまうのではないかと、常に不安を感じている。メルティナは発情しているとき以外は、つがいに執着を見せてくれないからなおさらだ。

だから受け入れてくれる彼女に甘えて、以前の自分であれば眉を顰《ひそ》めるような行為を平然としてしまう。

嫌がっているのに、拒まれていることがわかっているのに、それさえもが甘えるつがいの睦言《むつごと》のように聞こえて、どこまで許してもらえるのかと試してしまう。

メルティナにとってそのようなアルファの想いは、煩わしいばかりだろう。

つがいでなければ、とっくに愛想をつかして逃げ出しているかもしれない。

「っ……」

ぐっと拳を握りしめる。

なにかを殴り壊したくなるような衝動が腹奥から漲《みなぎ》ったが、耐えた。

メルティナは彼のつがいだ。発情期には求め、媚《こ》び、甘えてすがりついてくる。

そして、つがいを解消することはできない。オメガがどれほど望もうと、一度つがってしまったからには、相手のアルファだけが終生彼らの癒《い》やしとなれる。

だからたとえメルティナの想いが、彼の想いと等しくならなかったとしても。

「……団長、ここにおられましたか」

暗闇から声をかけられ、ヴァルターはゆっくりと視線を向けた。

配下の騎士だ。もちろん気配には気がついていた。

「どうした」

先ほどまでの懊悩《おうのう》など微塵《みじん》も感じさせない声は、すでに習い性となっている。

周囲に自分がどう思われているか、ヴァルター自身がよくわかっている。無意識のうちにそのような自分を装ってしまうのは、彼らの期待に応えるためだ。

つがいを求める余り取り乱す指揮官を戴《いただ》いていては、部下たちの士気に関わる。

「明日の計画について、変更のご相談が。天幕の方にお戻りいただけますか」

「わかった」

月に背を向けて歩き出す。

意識を切り替えなければ。いつまでもつがいのことばかり考えているわけにはいかない。

——メルティナなら、そのように柔弱な男を嫌うだろう。

それでも足元を照らすやさしい月の光につがいを想い、ヴァルターはひそかにため息をこぼした。

◇　◇　◇

「んっ……ぅ……」

噛みしめるような嗚咽《おえつ》が、明かりを消した寝室に響いた。

一人きりで朝から部屋に籠もったメルティナは、襲いくる発情の衝動をこらえている。

発熱した肌は汗ばみ、麻の部屋着をじっとりと濡らした。

「ヴァル、ター……ヴァルタぁ……」

寝台に横たわり朦朧《もうろう》とする意識の中、夢中でつがいの名前を呼んでいた。

オメガであるメルティナは、つがいを求めることが許されている。それが嬉しい。

まだヴァルターのつがいになる前、初めて経験する発情に怯《おび》えながら、罪悪感まじりに彼を求めていたときとは違う。

メルティナはつがいだから、ヴァルターを求めてもかまわないのだ。

それだけでも嬉しくて、身体がさらに熱くなる。

「はぁ……」

早く、早くお腹の奥を満たして。

いつもみたいにたっぷりとかき混ぜて、溺れそうなほど濃厚な精を注いで。

うつ伏せになりうっとりと腰を動かすメルティナは、みだらな想像に支配されている。そのような妄想さえも彼女はヴァルターのつがいだから、許される。

「あぁ、もっと……」

凄艶な色香をにじませつつ、メルティナはこの部屋にはいないつがいを想った。

明日になれば、きっと彼は帰ってきてくれる。そしてメルティナを抱きしめ、愛してくれる。

あと少しの我慢だから。

「ひっ、あ……んぅ、ん……」

けれど寂しい。

噛んでもらえないうなじが悲しくてぞわぞわとする。

寂しくて寂しくて、心が押し潰されそうだ。

自分が望んだこととはいえ、なんと馬鹿《ばか》なことをしてしまったのだろう。早くヴァルターに連絡してもらえばよかった。つがいが苦しんでいると。そうしたらきっと、どんな仕事も放りだして帰って来てくれたのに。

もう大丈夫だと、抱きしめてくれたのに。

「だ、め……」

理性をなくした末の恥知らずな妄想に、メルティナは弱々しく首を振った。

苦しさに負け、こんなに情けないことまで考えてしまうなんて。

「んッ……」

衝動的に手を伸ばし、枕元に置いた布を掴む。

それはメルティナが着るにはかなり大きなシャツだ。白いが皺《しわ》の寄ったシャツに、ためらいなく頬を埋めて息を吸い込む。

これが、隠していた木箱の中身。

洗う前のつがいのシャツを手に入れ、ひそかに持っていたのだ。

ヴァルターがいないときに、つがいの匂いを嗅いで、気持ちを落ち着かせるために。

「はぁ……ヴァルター……っ」

彼が着ていたシャツに顔を埋めるだけで、途轍《とてつ》もない幸福感がわき上がってくる。

つがいはいないのに。ヴァルターのシャツに顔を埋めて、匂いを嗅いで、口に含んで。その慎みのなさ、はしたなさを自覚してメルティナの瞳から涙があふれた。

誰にも言えなかった。ヴァルターにさえも。

彼が不在の間、ときどき猛烈に寂しくなることがあった。ヴァルターは愛情を惜しまないつがいで、オメガのメルティナのことを心から大切にしてくれるアルファだ。

その上、重責を担う立場でもある。軽率な行動は慎まなければならないし、自ずと伴侶であるメルティナにも自制心が求められる。ヴァルターと共に歩むためには、メルティナ自身が彼を支えられるつがいでなくてはならない。

それなのに、本能が叫ぶのだ。

寂しい。いますぐすべてを投げ捨てて、自分だけを愛してほしいと。

ほかのことなんて知らない。こんなにも求めているのに、どうしてつがいのことだけ愛してくれないの、と。

「だめ、なのに……ごめん、なさい……」

つがいのシャツに顔を埋めて、メルティナは嗚咽をこらえる。

心の動きがおかしいことは、誰よりも自分がよくわかっている。

騎士だった頃のメルティナは、このようにあさましい願望を抱かなかった。ヴァルターを独占して自分だけを愛してほしいなんて狂気の沙汰だ。

オメガになったから。オメガになってしまったせいだ。

――だけど、本当にそうだろうか。

ヴァルターに愛されて、メルティナ自身が増長したせいではないだろうか。これ以上となく愛されているのに、その愛情に慢心してもっともっとと求めて。

心の変化を、オメガのせいにして。

あさましく貪欲で、醜い。

けれどそんなとき、彼の服に顔を埋めると気持ちが落ち着くことを覚えてしまった。

「ごめんなさい……」

本人不在の謝罪の言葉が虚《むな》しい。

つがいのこのような悪癖を知れば、彼はどう思うだろう。

きっといやらしい、汚らわしいと思うに決まっている。つがいの持ち物を勝手に盗んで、匂いを嗅ぐなんて。こんなにはずかしい姿を恋い慕う彼に知られたら生きていけない。

「ごめん、なさい……ごめんなさい……っ」

泣きながらシャツに頬を擦り寄せる。

抑制剤を服用したので、完全に意識が飛ぶほどではなかった。

だからこそ余計に、中途半端に崩じた理性が恥知らずと訴えてくる。

つがいのアルファに愛してほしいと喚《わめ》き立てる本能と、メルティナ生来の健全な思考が拮抗《きっこう》し、心が引き裂かれるように乱れるのだ。

「っ……」

熱る身体のうずきに耐えきれず、太ももを擦り合わせた。

濡れるというよりは奥から噴き出すようにあふれる感覚があり、オメガの身体の淫猥《いんわい》さに痛哭《つうこく》する。

何度発情しても慣れない。こんなの、慣れるわけがない。

「ぁ……」

うつ伏せのまま身体を揺すって、全身を寝台に押しつけた。

汗に濡れた部屋着が乱れ、熱った身体に纏《まと》わりつく。

胸の先が布に擦れてもどかしい。もっと強い刺激が欲しい。大きくて力強いのに繊細な動きをするヴァルターの手で、いつもみたいに愛してほしい。

「ぅ……あっ、ぃ……」

無意識に胸元に手を差し入れ、ぷくりと硬くなった先端を刺激していた。

頭の芯にビリビリと痺《しび》れるような快感が走る。太ももの奥のうずきが強まり、とうとう我慢できずにそちらにも反対の手を伸ばした。

「あっ……！」

左手の指が布越しに敏感な花芽に触れた瞬間、強烈な刺激が走って頭の中が真っ白になった。

時が止まったように四肢が硬直し、心臓の音だけがばくばくと響く。

突き抜けた快感は、メルティィナを一瞬で忘我の頂へと押し上げた。

「はぁ……ふぁ……」

喘ぎながら、シャツに残るほんのわずかなつがいの匂いを胸に吸い込む。

大好きな匂い。嫌わないで。好き。軽蔑しないで。愛しているの。

相反する想いに混乱しながら、つがいに厭《いと》われる恐怖を忘れ去ろうと、メルティナはいつしか自分を慰める行為に没頭していた。

発情期に陥ったオメガの身体は、単純な刺激だけであっけなく絶頂に追いやられる。

「ヴァルターっ……あぁっ」

快感に身を任せている間は、想像の中の冷たいまなざしから逃れられる。

ヴァルターの匂いのするシャツはメルティィナを責めない。頬を擦りつけていると安心する。やさしいつがいに抱きしめられているかのように嬉しくなる。

「ヴァル、あっ……んっ、ぃ……いいっ……」

メル、と呼んでくれる甘い声。

大切にしてくれる大きな手。

ヴァルターの行為をなぞりながら、彼に愛してもらっている錯覚に陥った。

戻ってくるのは明日だから、それまでにシャツを片付ければ知られることはない。はしたなく発情して、盗んだつがいのシャツを嗅いで、一人で気持ちよくなっても隠し通せる。

だから、大丈夫。

必死に言い訳を探しながら、本能の衝動に身を任せた。

下着の上から撫《な》でまわしていた花芽はますます敏感になり、甲高い嬌声が止まらない。もっと強い刺激が欲しくなり、下着をずり下ろして直接濡れたその場所へと触れる。

「あっ、あ……いくっ、ぁっ……！」

ずちゅ、と指が花びらの間に入り込んだ。

締めつけるとろけた内襞の熱さに火傷《やけど》しそうになる。

熱くていやらしい動きが自分の指を舐めしゃぶり、ひくひくと痙攣《けいれん》しているのだ。きっとヴァルターのことも、いつもこんなふうに迎え入れている。彼はメルティナのみだりがましさを知っている。

だけどそれでも、このシャツのことは知られたくない。

「ひっ、あぁっ……奥、もっと、あ――……っ！」

正気を失ったように乱暴に腕を前後させる。

強い刺激が快感に直結し、あふれる涙と汗と涎、それに噴き出すような愛液で全身がどろどろだ。

それでもメルティナの動きは止まらない。つがいを求めて満たされない身体を、なんとか慰めようともがき続ける。絶頂による恍惚《こうこつ》は一瞬のことで、すぐにまた飢えが広がった。ヴァルターが欲しい。愛して。嫌わないで。もっと狂うほどに愛して。

「ヴァルターっ、ああぁぁっ……！」

びくびくと四肢を痙攣させて、メルティナは果てた。

手のひらを強く秘所に押しあて、絶頂している間も花芽を執拗に刺激する。

ふやけたように綻ぶ唇から、弱々しく意味を成さない嗚咽がこぼれた。

「ぁ……はぁ……」

もっと、まだ足りない。

発情期の焦燥はこの程度では治まらない。

つがいに愛してもらわないと。ああ、だけど。ヴァルターに迷惑をかけたくない。

「メル」

その声が聞こえた瞬間、酩酊していたメルティナの全身から血の気が引いた。

意識が一瞬にして明瞭になる。それほどの衝撃だった。

まさか興奮しすぎて、時間の感覚を失っていたのだろうか。

わからない。

だけどたしかに聞こえた声は、メルティナが愛するつがいのものだった。誰よりも大好きで、愛おしくて、信頼できるヴァルター。ここにいるはずのない最愛のつがい。

「ど……して」

のろのろと起き上がったメルティナは、扉から差し込む一条の光に涙のにじむ瞳を見開いた。

気づかなかった。発情して、慎みなく自分を慰めることに夢中で、これほどあからさまな気配すら見逃していた。

本当に自分はもう、騎士であった頃の自分ではないのだと――快楽だけを貪る獣になってしまったのだと絶望する。

いや、そんなことよりもっと恐ろしいのは。

「道の状態がよくて早く戻れた。メル、君が持っているのは……」

――気づかれてしまった。

扉を開けて近づいてくるヴァルターの姿に、メルティナは握りしめたシャツをぎゅっと胸に押しあてた。

待ち焦がれたつがいが心配して帰ってきてくれたのに、嬉しい気持ちとはほど遠い。いつもなら安心できるヴァルターの気配に、身体が凍りつくような恐怖を感じる。

けっして知られてはいけなかったのに、快楽を追うことに腐心して隠せなかった。

聡《さと》いヴァルターなら、いや彼でなくてもわかるだろう。発情期のメルティナが、寝室に籠もってなにをしていたのか。つがいのシャツに顔を埋めて。

「いや……」

メルティナは力なく首を振った。

ヴァルターの顔を見るのが恐ろしかった。

全部失ってしまう。彼の愛情も尊敬も。

ヴァルターはメルティナを責めるだろう。汚らわしく卑しいオメガだと。メルティナがこんなふうにあさましい存在になり果てると知っていたら、けっしてつがいにはしなかったのにと。

「ごめん、なさい……」

血の気が引いた身体でがたがたと震えながら、メルティナは必死にシャツをかき抱いた。

せめてこのシャツだけは、取り上げないでもらえないだろうか。嫌われるのも軽蔑されるのも仕方がないと思う。メルティナはそれほど厭わしい生き物に成り下がった。

だけどせめてこのシャツだけは、どうか彼を想う縁《よすが》として。

「明かりをつけるぞ」

廊下から差し込む光では断罪のために足りないと考えたのか、ヴァルターの声と共に部屋が明るくなる。メルティナは眩しさに目を眇《すが》めると、泣き笑いの表情で寝台に急ぐ彼を見上げた。

彼女のつがいはこんなときでも、見蕩《みと》れてしまうほどに素敵だった。

本当に急いで帰ってきたのだろう。わずかに乱れた漆黒の髪、それに高貴な輝きを宿す琥珀色の瞳。

雄々しい美貌はまさしくアルファといった風格で、発情したつがいをじっと見下ろしている。

恋《こ》うるアルファの視線を感じたオメガの身体は、悦びにぞくぞくとわなないた。

けれどメルティナは、夢の終わりをわかっていた。

「ごめんなさい……ごめん、なさいっ……」

こんなふうに失望されたくなかった。けれど、だめだったのだ。

それに、いつかは訪れていた未来だ。永遠に隠し通すことなどできなかっただろう。ヴァルターを欺いて、嘘《うそ》をつき続けて、そのようなことが長く続けられるとは思えない。

なによりヴァルターが気づかないはずがない。

「どうした、なにを謝罪している？　君は……どうしてこんなに怯えてるんだ」

寝台が揺れ、膝をのせたヴァルターの顔が近くなる。

彼はなにを言っているのだろう。メルティナはぼんやりとつがいを見つめ返した。

汚らわしいと断罪されると思っていた。それなのにヴァルターは、心の底からつがいを案じている様子だった。

メルティナが手放そうとしない、彼のシャツが目に入らないのだろうか。

「発情期が来て心細かったんだろう。大丈夫だ、俺に任せてくれ。君が落ち着くまで愛し合おう」

ヴァルターの手が、メルティナの腕をやさしく握る。

――取り上げられる。

恐怖が高まり、せっかく触ってくれたつがいの手を振り払ってしまった。

「メル？」

驚いた声を上げるヴァルターの目の前で、必死に髪を振り乱す。

「これ、わたしのなの。わたしの、だから……っ」

違う、これはヴァルターのシャツだ。

メルティナは洗う前のそれを奪っただけ。勝手に大切にして、自分のものにしていただけだ。

持ち主に返さなくてはいけない。その事実に、目の眩《くら》むような衝撃を覚える。なにもかも失ってしまうのだ。たった一つの縁さえ、許してもらえなかった。

だけどメルティナは誰のせいにもできない。結局すべて自分が悪いのだから。

「っ、ふ……っ……」

覚悟して、引き離されまいと握りしめていたシャツを、おずおずと胸元から離す。

ヴァルターのため息が聞こえてきて、このまま消えてしまいたいと思った。オメガになる前は一生仕えたいと思っていた彼に、こんなふうに愛想を尽かされるなんて。

「俺よりも巣の方が気に入っているのか？」

「……す？」

耳慣れない言葉に動きが止まる。

す、とはなんのことだろう。

戸惑うメルティナの前で、仕方がないと言うようにもう一度息を吐いたヴァルターが、くしゃくしゃのシャツごと彼女をしっかりと抱き寄せた。

男らしく引き締まった身体の感触に、冷えきっていた体温が急上昇する。

「その一枚でよかったのか。まさか君が巣作りをするなんてな。そうと知っていれば、もっと用意したのに」

「ぁ……」

オメガの巣作りという習性をメルティナは思い出した。

アルファやベータと違って発情期のあるオメガは、その時期が近づくとつがいの持ち物を集めて巣を作り、つがいと離れている間、恋しいアルファの気配を感じる巣の内側で心と身体を慰めるという。

けれどオメガになって間もないメルティナは、巣という概念に興味を持たなかった。というよりも、よくわからないというのが正しい。不思議な習性だと思ったものの、自分とは無縁だと、そう考えていた。

だから彼女自身、医師から聞いていたその生態をすっかり忘れていたのだ。

第一、シャツ一枚で巣だなんて。

「わたしの、巣?」

「なんだ。わかっていなかったのか？　つがいの持ち物に執着しないオメガもいるらしく、君もそうかと思っていたが……寂しくさせて悪かった。だが、俺がいるならもう巣は必要ないだろう？」

そう告げられて、よれよれのシャツと輝かしく雄々しいアルファを見比べる。

どちらがいいかなんて、選ぶまでもない。

「で、も……」

「まあいい。君がそれを気に入ったんなら、実力で俺の方が君に相応しいとわからせてやる」

わからせるもなにも、シャツはシャツでヴァルターとは比べものにならない。

メルティナはただ、目を覆いたくなるような痴態《ちたい》を目撃され、彼に嫌われると考えていただけだ。

だからせめてもの思い出にシャツを欲しがっただけ。

ところがもはや、ヴァルターは彼女からシャツを取り上げる気はないらしい。

くしゃくしゃのシャツごとメルティナを抱いたまま、震える頬にそっと唇を押しあてる。

「……すごい匂いだ。苦しかっただろう。どうか俺に慰めさせてくれ」

つがいのアルファに懇願されて、再びメルティナの身体を焦燥が支配した。

ああ早く。いつものように彼と情熱的に交わりたい。

あんな姿を見ても許してもらえたのだろうか。でも本当に？　我を忘れて乱れるメルティナを厭わしく思わないのだろうか。

もしかするとヴァルターは高潔で責任感があるから、つがいの窮状を見捨てられなくて、だからそれできっと。

「んっ……」

唇を求められ、絡み合う舌の熱さに思考が溶ける。

アルファの唾液に触れただけで、まるで媚薬を飲まされたように全身がかっと燃え上がった。

だけどここには、そんなメルティナを慰めてくれるヴァルターがいる。

彼に任せていればきっと、大丈夫。

「あっ」

とん、とやさしく押し倒されて、ヴァルターの大きな身体がのしかかってくる。

「旅装を解いたばかりで、埃《ほこり》っぽいだろう。君が気になるなら、先に風呂に入ってくるが」

「いやっ！」

冗談めかして、けれどメルティナさえそう望むならとささやかれて、即座に首を振った。

あんなに大切だったシャツから手を離して、メルティナはヴァルターの服に手を伸ばした。

「いやです。離れては、いや……」

「わかっている、言ってみただけだ……こら。また匂いが強くなった」

「だって……」

メルティナの手をやさしく引き離すと、ヴァルターは身体を起こして自ら上着を脱いだ。中に着ていた黒っぽいシャツにも手をかけ見事な腹筋をさらす。

その間、肘をついて身体を支えたメルティナはうっとりと彼の行動を見守った。

あの逞しい身体に、直接抱きしめてもらいたい。想像するだけで太ももの間がきゅんきゅんとうずき、我慢できずに腰をくねらせる。

服を脱ぎ捨てたヴァルターは、物欲しげな顔で己を見つめるつがいに笑いかけた。

「俺の名を呼び、俺のシャツを抱いて自分を慰めている君は、とても素敵だった」

やはり見られていたのだ。

とろけていたメルティナの表情がさっと強《こわ》ばる。けれど完全に凍りつく前に、ヴァルターはもう一度彼女に覆い被さった。

「君が発情期とはいえ、あんなふうに居もしない俺を求めてくれるとは意外だった。巣作りするオメガはつがいへの想いが深いらしいからな……必死な姿が可愛くて、永遠に見ていようかと思ったほどだ」

「ひどいっ……い、意地悪っ」

瞳を潤ませて責めるメルティナの眦《まなじり》にやさしい口づけが落とされる。

「自覚はあるな。君のこととなると、俺はおかしくなる」

悪びれもなく言われてしまえば、それ以上責められない。

ヴァルターはメルティナの首筋をくんくん嗅ぐと、汗に濡れた肌を獣のように舐め上げた。

「ぁ……」

満たされる期待に、頭の奥がじわりと溶ける。

くり返し舐められ、彼の匂いが染みつく想像にメルティナは深く喘いだ。

「俺も抑制剤を飲んでいるのに、やはり君の匂いは効く」

顔を上げたヴァルターの瞳に、情欲の焔《ほのお》が滾《たぎ》っている。

彼はメルティナの身体に濡れてまとわりつく部屋着を脱がせると、発情して桃色に染まった身体を視姦《しかん》し、ごくりと喉を鳴らした。

「……いいか、メル。もう我慢できない」

「我慢、しないで。ヴァルターの、すきに、して……っ」

つがいのまなざしだけで、達してしまうかと思うほど興奮したメルティナは身も世もなく哀願する。

自分の指で慰めた身体は、愛撫など必要としないほどとろけているのだ。

ヴァルターは端正な顔に淫蕩《いんとう》な笑みを浮かべると、先ほどメルティナが我を忘れて自ら悦びを得ていた手を持ち上げ、発情したオメガの濃厚な匂いの残る指を口に含んだ。

「ひっ、だめっ……汚いのにっ」

濡れた舌が絡みつき、ほっそりとした指をみだらな動きで舐めしゃぶる。ときおり当たる歯とどこまでも熱くて柔らかな舌が、指先に残る淫蜜《いんみつ》を惜しむように味わった。

くすぐったいのを通り越して、いまのメルティナにはそれさえも快感だ。それどころか熱い口内にきつく吸われると、指を抜き差しした際の蜜襞《ひだ》の熱を思い出して、頭の中が焦げつきそうになる。

「……好きにしていいと言ったのは君だろう?」

「でもっ……!」

「大丈夫だ、君の味しかしない」

言い返す気力もなく、メルティナは羞恥と快楽に悶えた。

寝室でのヴァルターはとても意地悪だ。つがいがこんなにも発情して、興奮して、おかしくなっているのに。

「ヴァ、ル……ター、早く……っ、すき。ヴァルターがいいのっ、すき……っ」

「っ……くそ、そんな可愛いおねだりどこで覚えた」

「だって、あぁぁっ――……っ！」

ぐいっと片脚が持ち上げられ、身体の中心を貫く強烈な快感にわけもわからず叫んだ。意識が飛びそうな衝撃に多幸感が膨れあがる。

シャツを抱いているときも幸せだった。つがいの匂いに包まれて、一時の慰めを得た。だけどいま感じている喜び、焦燥も寂しさもなにもかも忘れさせる圧倒的な幸福感とは比べ物にならない。

オメガにとってつがいとは、それほどに重要な存在だから。

だけどきっと、それだけではない。

メルティナにとってヴァルターが、求めて、焦がれて、一度は別離も覚悟して、それでもようやく結ばれた大切な人だから。

彼でなければ、これほどの悦びと幸せを感じることはできなかった。

「ヴァルターっ……すき、大好きっ、あぁッ」

最初から最奥を容赦なく突き上げられ、雄の精を求めて中がうねる。

メルティナが達したのは早かった。そもそも発情期の最中、焦れきっていたオメガの身体だ。ついに求められて耐えるということを知らない。

絶頂の余韻に浸りながらも、ねぶるように中のものを締めつけている。

交わり、一つになって、気持ちよくしてもらった。だけどそれだけでは足りないのだ。ヴァルターにたっぷりと注いでもらって、お腹の深い場所を満たしてもらわないと。

「もっと……はぁ、ぁっ……お腹、いっぱいにして……」

「わかってる。あとで君に叱られるまで抱き潰してやるから覚悟しろ」

言うやいなや彼はさらに腰を動かし、メルティナとより深く繋がった。

「えっ？　あ……奥、だめっ……またっ」

激しい律動に目の眩むような陶酔を覚え、メルティナは両腕を伸ばす。

このままではまた一人で達してしまう。自分だけが気持ちよくなって、彼を満足させられないまま。

それはいやだとすがりついたつがいを抱きしめ、ヴァルターは汗の浮かぶ額を彼女にすり寄せた。

「大丈夫だ、俺ももう、保たない……っ、このまま……っ」

「ぁあっ、出して、奥でっ……あっ、あ、あ……！」

あ、という形で唇の動きが止まり、メルティナは瞳を見開いた。

官能の波が襲いかかり、身震いするほどの快感がお腹の奥で弾《はじ》ける。けれど今度は彼女一人ではなかった。執拗《しつよう》に中を穿《うが》つヴァルターの動きもまた、メルティナを抱きしめたままぐっと止まる。

「メ、ル……っ！」

愛《いと》しい声に名前を呼ばれ、同時にメルティナのお腹の内側におびただしい熱欲が注がれた。

——こんなにたくさん、満たしてもらえるなんて。

つがいの愛に恍惚となりながら、メルティナは再び上りつめる。

ヴァルターはまだ硬いままだ。彼が一度で満足することは珍しい。メルティナの発情期であればなおさらだった。何度も何度も、つがいが満足して、もう終わりにしてと訴えるまで。

ぐったりとしたメルティナの髪をやさしく撫でる手がある。

「好かっただろう？」

繋がったまま、軽く息を乱したヴァルターが尋ねてきた。

つがいの濃い精を腹奥に浴び多少は落ち着いたメルティナだが、問われた言葉の意味がわからず内心で首を傾《かし》げる。

それはもちろん、好かった、けど。

「あんなシャツより、本物の俺の方が好かっただろう？　君をちゃんと、気持ちよくさせられただろう？」

「なっ……」

つがいがシャツを手放さなかったことを、よほど気にしていたらしい。

そんなことにまだ拘《こだわ》っていたのかと言葉を失うメルティナだが、ヴァルターは機嫌よく唇を重ねて

きた。そのまま腰を揺らして互いの体液が混じり合う奥を、これまでの性急さが嘘のようにゆっくりと刺激してくる。

「んっ……あ……」

「次からは君の巣作りが滞りなく進むよう協力しよう。俺のものならなんだって自由に使っていい。だが俺が傍にいるときは、君を満足させるのは俺の役目だ」

あまりにも堂々と宣言されると、シャツ一枚をこっそり隠し持っていた自分はなんだったのかと思う。メルティナは必死で、彼に知られないようにしていたのに。

バレたら見捨てられると思っていたのに。

だけどヴァルターは、そんな彼女も丸ごと愛してくれるらしい。

もうあの衝動を隠さなくていいのだと思うと、心がふわりと軽くなった。

寂しくてたまらないときに、もしシャツ一枚でなく、もっとたくさんの彼の持ち物に囲まれて過ごせたらどれほど幸せだろう。

「……そのときは、お願い、します」

揺さぶられ、新しい快感に染まりながら、メルティナはなんとか口を開く。

そして太陽のように笑ったヴァルターがもう一度唇を求めてくるのを、うっとりと瞳を閉じて受け入れた。

特別編2 我が愛しのつがい

ああ、またか。

幾分冷めた気持ちで、ヴァルターは目の前の相手を見た。

王宮の外に面した人気のない回廊、そこにいるのは行儀見習いの貴族の令嬢――というには少々年の行き過ぎた、けれど客観的に見て大層美しい女性だ。艶やかに輝く漆黒の髪と、血のように赤い官能的な唇。肉感的な体つきは、アルファを誘うオメガそのものといったところだ。

まだ十三歳、それも先月誕生日を迎えたばかりの俺を相手にご苦労なことだ、と嘲笑ぎみに口角を上げる。

少年の表情をどう受け取ったのか、目の前の女性は妖艶な笑みを深めた。

「……このところ俺をつけ回していたのは、あなただな」

「つけ回していたなんて人聞きの悪い。ローデリック伯爵《はくしゃく》家のアデリアと申します。ぜひ殿下《でんか》とお近づきになりたくて」

十歳を過ぎた頃から、ヴァルターはこの手の相手に絡まれることが多かった。

ルーヴェルクの王宮は比較的自由に貴族の出入りが許されている。もちろん王族の居住区は近衛《このえ》騎士によって守られているが、王宮そのものは王族の家というより政治の中心地といった意味合いが強い。

自然と人の出入りも多くなる。

それでも王太子である兄には本人が辟易《へきえき》するほど護衛がついているのだが、第二王子であるヴァルターにはどうしても護衛が手薄になる時間があった。

いまもちょうど、王族である彼に無遠慮に近づくこの女性を咎《とが》める者はいない。

「俺に近づきたいとは奇特な方だな。俺のような子供は、あなたを楽しませる話術など持ち合わせていないのだが」

「まあ、つれない方。大人顔負けのようなことをおっしゃいますのね」

まるで彼を挑発するような物言いだが、対峙《たいじ》するヴァルターは冷静だった。

「……それで、そんな子供と仲良くなってどうしたいんだ」

「ふふふ。わかっていらっしゃるくせに」

思わせぶりに笑う相手は夕闇に咲く薔薇《ばら》のように美しいが、相変わらずヴァルターは冷めたままだ。

オメガはアルファの理性を破壊し惑わす、美しく蠱惑的《こわくてき》な存在だ。

彼らが発情しアルファに迫れば、アルファが逆らうことは難しい。そのため、オメガが意図的にアルファの本能を刺激して誘惑することは国内法で禁じられている。あるいはアルファも抑制剤を服用し、万が一に備える。

しかしたとえ発情していなくても、オメガがこのような形でアルファの王族に接触することは褒められた行為ではなかった。

「わからないから聞いている。だが、大した用がないなら失礼させてもらおう。あなたも誤解を生む行為は慎んだ方がいい」

言外に諦めろと告げたはずだが、彼女は引き下がらなかった。

艶やかな黒髪を揺らして、誘うように小首を傾《かし》げる。

「そのようにせっかちなこと、おっしゃらないで」

相手の思惑はわかりきっていた。

年若いアルファの王族を誑《たぶら》かし、つがいになりたいと考えているのだろう。

アルファにとってつがいとは永遠を約束する存在ではないが、それでも一度つがってしまえば情は湧くし離れがたく感じるという。

だが、年は若くともそのような意図を持った手合いは何人も目にしてきた。ヴァルターはいよいよ相手との対話に興味を失っていた。

身体《からだ》はオメガをつがいにできる程度には成熟しているが、精神的に潔癖な部分が年上のオメガの誘惑を薄汚く感じ、言葉を交わすだけでも嫌なのだ。

しかし、会話を切り上げて背を向けようとした瞬間、彼の鼻先を甘ったるい匂いが掠《かす》めた。

「な……っ」

熟した果実が、腐り始める寸前の匂い。

オメガの発情香《はつじょうか》だとアルファの本能が告げる。アルファの理性を灼《や》き、本能に忠実な獣に変える誘惑の匂いだ。

しかし発情したオメガが外出すること、しかもその状態で王族の前に姿を現すなど正気の沙汰とは思えない。貴族であろうと、発覚すれば厳罰が与えられる。

「殿下……わたくし、本気ですの。本気で殿下のつがいになりとうございますのよ」

咄嗟《とっさ》に顔を押えて匂いを遮断しようとしたヴァルターに、オメガの女が近づいてきた。

抑制剤を飲んでいるから、正気を失って襲いかかるようなことにはならない。それでもアルファの本能が、この発情したオメガを征服しろと騒ぎだす。

「まさか、発情薬でも飲んだのか？」

「だって、こうでもしないと殿下は……あぁ、殿下。どうかお情けをくださいませ」

女の細く華奢《きゃしゃ》な手が伸ばされる。

理性をかき乱すオメガの香り。この無礼なオメガを噛《か》んで、服従させて、アルファを意のままに操ろうとした罰を受けさせたい。

しかしヴァルターはその狂気的な思いを、理性をかき集めてねじ伏せた。

怒りと欲望に我を忘れてはならない。それこそがこのオメガの手口なのだから。

「殿下……きゃっ！」

伸ばされた手を振り払う。

倒れるほどの衝撃ではなかったはずだ。けれど相手は驚いた様子で悲鳴を上げた。まさか拒絶され

ると は思っていなかったのだろう。

舐《な》められたものだなと思う。

どれほど匂いに本能を揺さぶられようと、心の伴わない相手と身体を重ねるなど冗談ではない。たとえ愛情ではなく怒りに身を任せた末の行為であっても、責任を取るのは自分なのだ。

「そんな、殿下はわたくしを欲しいとはお思いになりませんのっ!?」

女の驚愕《きょうがく》に満ちた金切り声が、人気のない回廊に響く。

その声を聞きつけたのか、いくつかの足音が忙《せわ》しなく近づいてきた。

ヴァルターは発情して頬を染めるオメガ、自分が選ばれることをなんの疑いもなく信じていた愚かな女性を見据えて告げた。

「自惚《うぬぼ》れるな。俺はあさましいオメガの匂いになど溺れたりはしない。ましてや姑息《こそく》な手段を用いる者など願い下げだ」

相手だけではなく、オメガを前に荒れ狂う自らの本能さえ疎ましい。

その苛立《いらだ》ちをぶつけるように、目の前のオメガをきつく睨《にら》みつけた。

このときの彼は、若さゆえに信じていたのだ。自分はけっしてアルファの本能には屈しないと。心を惑わせるオメガという存在そのものを忌避し、彼らをつがいにするなど絶対にあり得ないと。

けれど十数年後に、彼のその決意はあっけなく翻されることになった。

寝室に満ちるのは甘ったるいオメガの発情香だ。

けれどそれは地に落ちた果実が腐るような香りではなく、どこまでも清廉な花の蜜のような香り。

ずっと顔を埋《うず》めて嗅いでいたいような匂いを、ヴァルターは夢中になって吸い込む。

熱《ほて》って汗の浮いた首筋を、たまらずに舐めた。

理性どころか頭の芯まで溶けそうなほど濃厚な匂いに、抗《あらが》うことなく身を委ねる。

「や……舐めちゃ、だめ……っ」

媚《こ》びるような甘えた声に、自然と口元が緩んだ。

だめと言われると言われただけ、くり返したくてしょうがなくなる。発情して舌っ足らずになったつがいの声を永遠に聞いていたいのだ。過去の自分が知ったら正気を疑うだろうほどには、溺れている自覚があった。

自分の腕の中で艶やかに悶《もだ》えるつがいが、可愛《かわい》くて愛《いと》しくて仕方がない。

「どうしてだめなんだ、メル。君のすべてを俺は味わいたい」

柔らかな耳に息を吹きかけるようにしてささやくと、組み敷いた身体が小刻みに揺れるのがわかる。

非常に感じやすいのだ、彼のつがいは。

「はずかしい、から……舐めないで。お願い……」

懇願する声にまで興奮し、そのまま唇を重ねてしまう。

小さな舌を追い求めてきつく吸うと、メルティナは苦しそうに呻《うめ》きながらも、細い腕を背中に回してきた。つがいに求められるだけで、全身の血が沸騰しそうになる。

「……メル。君の匂い、君の味に溺れたい。俺は君のつがいだ。はずかしがらなくていい」

オメガに変わってから伸ばしだした、ふわふわと柔らかな金髪をそっと耳に掛ける。

幼い頃からずっと、アルファの理性を強制的に奪うオメガを嫌悪していた。

彼の周囲にいたオメガ——いや、彼に迫ってきたオメガたちが皆そのような手合いであったからだが、ヴァルターにとって自分を見失わせるオメガに屈するなど、到底許容できることではなかった。

けれど、いまは違う。進んでつがいの匂いに溺れたいと思っている。

それは相手がメルティナだからだ。ベータやオメガといった性別を超えて誰よりも信頼できる相手であり、心を許せる彼女だからこそ、我を忘れて求めたいのだ。

本能のままつがいを愛することが、これほど幸福なことだとは知らなかった。性的な興奮とは別の満ち足りた想いが押し寄せてきて、胸の奥が熱くうずく。

「でも……はずかしいのに、嬉《うれ》しくて……気持ちよくて、お、おかしくなるから……」

「おかしくなっていい。発情期に我慢する必要などないんだ。俺に舐められるのは嫌ではないだろう？」

根気強く言い聞かせると、発情期のまったただ中で熱に浮かされたメルティナは、こくんと小さく頷《うなず》いた。それでも恥じらうように目を閉じて、震えている様子が愛らしい。

「ぁ、あっ……」

首筋を舐め、汗の浮いた胸元にも舌を這《は》わせる。気持ちよさそうな声を上げたメルティナは、彼が為《な》すがまま甘い声を上げ続けた。

「……愛している、メル」

身体を重ねてメルティナの匂いと幸福に溺れながら、想いの丈を打ち明ける。

オメガでなくとも愛していた。彼女の誠実さを、朗らかさを。裏表のない明るい笑顔に、どれほど癒《い》やされてきたことか。

そしてそれほどまでに想ってきた女性が、紆余曲折《うよきょくせつ》を経て彼のつがいとなった。

「わ、わたしも……愛して、います……っ」

息も絶え絶えに悶えながら、懸命に応えようとするメルティナが愛おしい。

まるで蝶《ちょう》の羽を縫い止めるように小さな手をきつく握りしめながら、ヴァルターは最愛のつがいとの交歓に時が経つのも忘れて耽溺《たんでき》した。

あとがき

はじめまして、宮田紗音と申します。このたびは『オメガになったので女騎士を辞めると告げたら、高潔なアルファの騎士団長が豹変しました』をお手にとっていただき、ありがとうございます。初あとがきで緊張しています。

突然ですが皆さま、オメガバースってご存知でしょうか。男女の性別と併せてアルファやベータ、オメガが存在する世界観の作品――アルファの騎士団長ヴァルターとベータだったのにオメガになってしまった女騎士メルティナが登場する本作も、タイトルからお察しのとおりオメガバースの物語です。しかも発情期やつがい、さらには巣作りなどオメガバース要素が満載です。

私は獣人やつがいといった概念が好きで、いつかオメガバースについても書いてみたいと思っていました。そして２０２３年の8月に女性向け小説サイトに思いきって投稿した短編小説が『オメガになったので女騎士を辞めると告げたら、高潔なアルファの騎士団長が豹変しました』です。おかげさまで人気を博し、長編化、書籍化することができました。

投稿時に読者さまから、オメガバースの作品を初めて読んだという感想や、普段は読み慣れないけど読んでみて面白かったという感想をいただきました。オメガバースが大好きな私としてはとても嬉しい感想だったので、今回、書籍化したことでもっとたくさんの方にオメガバースを楽しんでいただけたらいいなと思っています。ＷＥＢ版より改稿、加筆を重ねておりますし、ため息が出るほど美麗なＫＲＮ先生の表紙イラスト、挿絵もたくさんつきますので、作品世界にどっぷり浸れること間違いなしです。

最後になりましたが、素敵なイラストのＫＲＮ先生、優しく的確なアドバイスをくださった担当さま、制作に携わってくださったすべての皆さま、そしてこの本をお手にとってくださった読者さまに、心から感謝申し上げます。

宮田紗音

オメガになったので女《おんな》騎《き》士《し》を辞《や》めると告《つ》げたら、高《こう》潔《けつ》なアルファの騎《き》士《し》団《だん》長《ちょう》が豹《ひょう》変《へん》しました

宮田紗音

2024年7月5日　初版発行

著者　宮田紗音

発行者　野内雅宏

発行所　株式会社一迅社
〒160-0022 東京都新宿区新宿3-1-13 京王新宿追分ビル5F
電話　03-5312-7432(編集)
電話　03-5312-6150(販売)
発売元：株式会社講談社(講談社・一迅社)

印刷・製本　大日本印刷株式会社

DTP　株式会社KPSプロダクツ

装丁　AFTERGLOW

落丁・乱丁本は株式会社一迅社販売部までお送りください。

送料小社負担にてお取替えいたします。

定価はカバーに表示してあります。

本書のコピー、スキャン、デジタル化などの無断複製は、著作権法の例外を除き禁じられています。

本書を代行業者などの第三者に依頼してスキャンやデジタル化をすることは、個人や家庭内の利用に限るものであっても著作権法上認められておりません。


ISBN978-4-7580-9653-9

©宮田紗音／一迅社2024　Printed in JAPAN

●本書は「ムーンライトノベルズ」(https://mnlt.syosetu.com/)に掲載されていたものを改稿の上書籍化したものです。

●この作品はフィクションです。実際の人物・団体・事件などには関係ありません。

MELISSA